好きなこと見つける魂のアンテナ術

エプロン作家83歳㊙逆転記

三宅直子

石森史郎《いしもりふみお》先生（シナリオ作家・映画『約束』『旅の重さ』ほか、著作『シナリオへの道』ほか）の色紙とお言葉

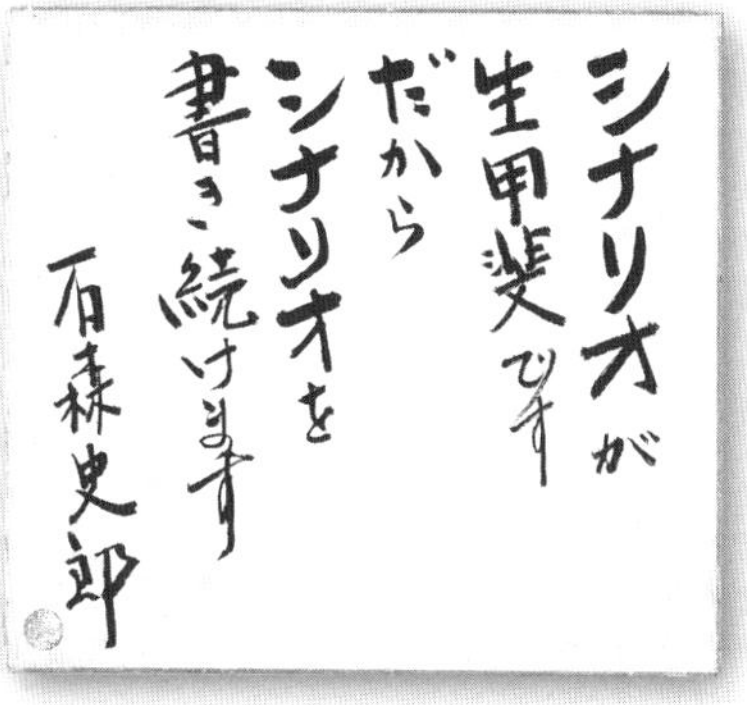

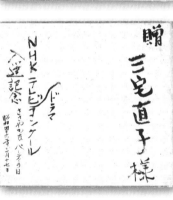

シナリオが
生甲斐です
だから

書き続けます

贈
三宅直子様
NHKテレビドラマコンクール
入選記念
ささやかな夜 パーティの日
昭和四十六年三月十七日

酒も煙草もダメだけどシナリオを愉しんで書いているのです。
ボク自身満足するシナリオを。 きっと三宅直子さんも、でしょ。

はじめに

住宅地。家の前を掃除していると、柴犬をつれた景子（20歳）が来る。

景子「おはようございます……」
私　「あ。おはようございます。コロちゃんお散歩、いいわね（犬の頭をなぜる）」
景子「あの……ちょっと聞いていいですか」
私　「ええ。なにかしら」
景子「本を出すとかって……」
私　「ああ。この間、ママにスーパーでお会いした時、そんな話になって」
景子「すごぉい」
私　「そんなんじゃないのよ。83歳だから元気なうちに、本を出そうと思って」
景子「おばさんはエプロン作家っていうんだって……聞いたんですけど……？」
私　「それはね、33の時にテレビドラマを書いて入選したことがあって、取材に来た記者さんが、エプロン作家登場って書いてくれたっていう訳」

景子「いつ頃から書いていたんですか？」
私「小学校の頃から書くことが好きだったの。シナリオを始めたのは30から。子育てと大変だったけど、自分を励ましてきたの〝めげるな逃げるな比べるな〟って」
景子「おまじないみたい」
私「そう。おまじないみたいなもの。自分に元気をださせるのよ」
景子「ほんと、すごく元気……うちのママなんか、50なのにパートから帰ってくると疲れた、だるいって」
私「おばあちゃんのお世話もして大変でしょう」
景子「おばあちゃん、前は敬老会の集まりにいっていたのに、膝が痛いってどこにも出かけない、テレビばかり見ていて。ママやおばあちゃんみたいになりたくないな」
私「女性の50歳って体が変わってくるし、その時代をどう過ごすか大事なのよ」
景子「そうなんですか」
私「景子さんは何か好きなものあるの？」
景子「あります。好きなもの、いっぱい」
私「それはいいわ。好きなことがないっていう人が多いって聞くし」
景子「けど、どれが自分に合っているかわかんなくてぇ」
私「それも悩みね。好きなもの見つける方法とかいうことも本に書いてあるの」

景子「わ、すごそう。あたしはブログ書くのも苦手」
私「読んで頂ければありがたいわ。つまらなかったら、お代は……」
景子「えっ返してくれるの？」
私「フフッ。返しません」
景子「なぁんだ」
私「リサイクル店や古本屋に持っていったら。いくらかになるわよ」
景子「けど、すごく安いって」
私「古本屋に並べば、誰かが買ってくれるし。本はお金と一緒で、天下の回りもの。本は読まれてなんぼ。たくさんの人に買ってもらえたら嬉しい。売り上げになるし」
景子「ハハ。おばさん、面白い。ママに言っときます。じゃあ。コロ、いくよ」
私「あ、ちょっと景子さん……景子さん。あ、いっちゃった。ほんとに本、買ってくれるかしら……彼女みたいな若い人にも読んでもらいたいんだけど……」

という訳で、83歳にして、本を刊行することになった次第です。

人様に語るほどの波瀾万丈な人生ではありません。主婦からエプロン作家と称して、テレビアニメやテレビの子どもドラマを50年ほど書いてきたことなら語ることができそうです。

書くことが好きだったから続けることができました。いくつか立ちはだかったハードルを越えられたのも、書くことが支えになったのです。なぜそれほど書くことに囚われてきたのか。不思議です。それを解明するのも本書の目的です。

好きということを芯に、私の来し方をたたき台にして、好きなことの見つけ方、好きなことを伸ばす方法、ハードルをクリヤーする道のりをたどってみたいと思います。

シナリオは脚本ともいいます。本書で紹介するボイスドラマは、音声だけのラジオドラマのようなものです。このボイスドラマは、82歳の冬眠状態から奇跡のように復活し、この本を刊行することになったきっかけの作品です。人生何が起こるか……

これから人生に向かう若い方たち、日々奮闘中の方々、私同様のシニアの方にお読み頂いて、元気に生きるヒントになれば幸いです。

装丁／本文イラスト・・・桑原泰恵
本文ＤＴＰ・・・・・・・・・・・柳田麻里

人生には様々な障害があります
陸上競技のハードルのように

目次

2018（平成30）年　81歳

年末年始全員集合／はるかの成人式・振り袖を引き継ぐ／
お能の浴衣会・70の手習い／母と夫の七回忌／
アイバンク『献眼』登録

2019（平成31）年　82歳

82歳になって思うこと／国立能楽堂にて発表会／
4月1日より令和となる／天から舞い込んだメール／
ボイスドラマの脚本を書く／自分史出版へ踏み出す

2020（令和2）年　83歳

石森史朗先生浅草の舞台・新春浅草歌舞伎へ／
なぎさの成人式のハプニング／講演会　埼玉県入間市にて／
石森史朗先生後援会　こまえ市民大学／椿芳子さん亡くなる／
はるかの大学卒業式は中止／放送作家協会から・インタビュー収録／
83歳になりました

助走　逆転ハードルの人生へ

問｜ハードルを飛び越えるには
アンテナを張るとは

登場人物　景子 20 歳

母のフクと著者３歳

仲良し４人組

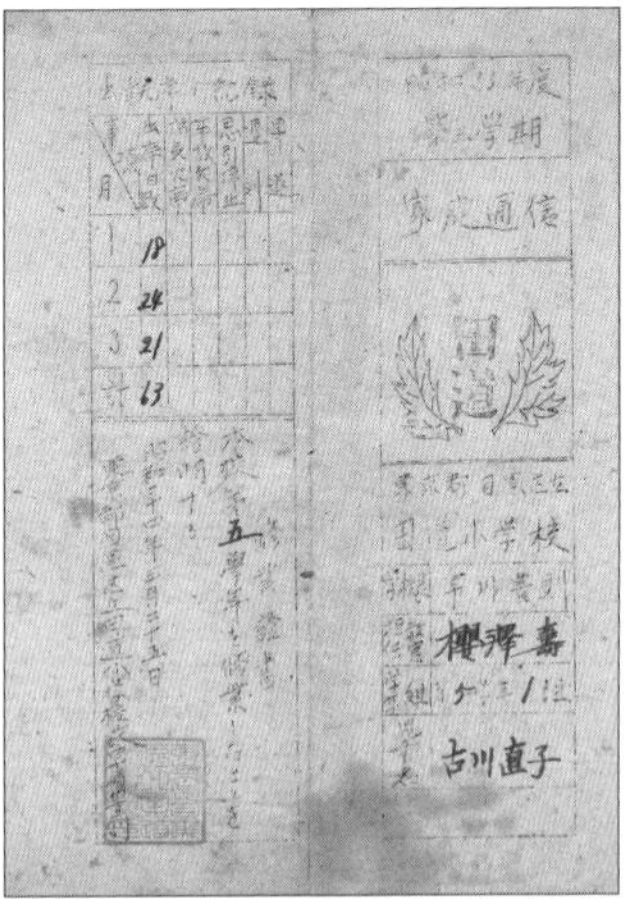

第三学期

家庭通信

小学校

古川直子

ワラ半紙の通信簿

元気な訳は

ご近所の景子さんが改まった顔で訪ねてきました。

景子「こんにちは。お邪魔しまぁす」

私「はい。どうぞ。お入りになって」

リビングに案内する。

景子「うちのママが……じゃなかった、母がよろしくお願いしますってこれを」

タッパーを差しだす。中には高野豆腐の煮物が入っている。

私「あ、高野豆腐！　美味しそう。ママ、お料理上手ね」

景子「こっちは、あたしが焼いたクッキーですけど」

小さな箱の蓋を開けて見せる。

私「まぁ。ありがとう。いいシナモンの匂い。コーヒー淹れましょうね」

私はコーヒー豆をミルでガリガリ挽く。

景子「わ、本格的！　うちはガーッと機械でやっちゃうんですよ」

景子はピンクのゆったりしたブラウスを着ている。

私　「景子さんのブラウス。よくお似合いね」
景子「自分でデザインして作ったんです。学校の課題で」
私　「あ、服飾専門学校の。私も洋裁学校にいったのよ」
景子「そうなんですか。この、額の絵、なんか素敵」
海に浮かぶ船や波が軽《かろ》やかなタッチで描かれている。
私　「これはラウル・デュフィ。フランスの画家。デュフィが好きで、展覧会へいくと、複製画や絵葉書を買ってきてしまうの」
景子「私が知っているのは、ピカソとチチス。睡蓮の絵のモネくらいかな」
私　「デュフィは洋服のデザインやテキスタイル、布地のデザインもしていて。ドレスの造形がすばらしいの」
景子「どうやってそういうこと知っていくんですか」

アンテナを張っておく

私　「好きなものがあったらアンテナを張っておく。情報をキャッチできるのよ。デュフィ展が、パナソニック汐留美術館でやっていて、絵画とテキスタイル・デザインを展示しているのと新聞で見つけて、飛んでいったんです。展示がたくさんあって、見応え充分。いった甲斐があったわ。汐留美術館は初めてでしたけど、ゆったりしていて良かった。ちょうど年末で美術館の外に電飾イルミネーションが風景画のように夜空に煌めいていて、思わず動画に撮ってきました」

景子　「行動的ですね。今日、お話聞くの、すっごく楽しみ」

私　「でも、もう83の年寄りの話なんて、面白いかしら」

景子　「年寄りだなんて、全然！　この間駅の階段を上がっていくのを母が見て驚いてました。よく着物でお出かけになるのも、凄いって」

私　「私が元気なのは、仕事があるからかも。シナリオライターとしては50年。今は講師の仕事で週2日は出かけています。集まりや舞台を観にいく時は、着物でいきます」

景子　「母が、どうしてそんなにお元気なんだろうって」

私　「元気なのは、96歳まで長生きだった母から、丈夫な体をもらったことと、好きなことがあるからじゃないかしら」

景子　「どんなことが好きなんですか」

私　「観るものならなんでも。音楽。絵。今はお能を習っているし。書くことが一番かしら」

景子　「好きなことがあるのは、大事なんですね」

私　「ええそう。本当に好きなことは一生の支えになりますから」

景子は、コーヒーを一口飲んでから、しばし考えて、

景子　「好きなことはいろいろあるんです」

若干の不安を含んだトーンで切り出した。

私　「それは素晴らしいことじゃないの」

景子「デザインもしてみたい。お菓子作りも好きだからパティシエもいいし。動物が好きなのでトリマーもいいし。でも、正直に言うと、本当に好きなものがわからないんです」

私　「私もね。お医者さんや秘書になろうかなんていろいろ迷ったけど、書くことを一生やっていこうと決めたのは、高校の頃。書く人になりたいって夢を持ったのは小学6年の時。結局一番好きなこと、最初に戻ったのね」

景子「一番好きなことに」

私　「そういえば、私の昔のことはあまり話したことなかったわね。せっかくだから。私の思い出話につきあってもらえるかしら」

景子「はい。喜んで」

幼少期

私　「改めて自己紹介をすると、1937（昭和12）年3月24日生まれ。丑年牡羊座、血液型はO型。父と母は亡くなり、弟と妹は健在。娘が2人。長女には女の子が3人。夫は7年前79歳で亡くなって、今は次女と2人暮らし」

景子「なんだか雑誌のプロフィールみたい。子どもの頃は、やっぱり天才だったとか」

私　「まさか。東京の中目黒に住んでいました。隣が叔母さん、母の妹の家で庭が続いていて。そこで従妹の由美子ちゃんとままごとしている写真が残っています。おかっぱ頭の丸顔で。ちびまる子みたい」

景子「あ、『ちびまる子ちゃん』のアニメ、書いてますよね」

私　「ええ。例えば〝まる子　南の島に行く〟は私の脚本で、わりと人気があるんです」

景子「あ、DVD観ました。まるちゃんがカワイくて、ちょっと悲しい話ですよね」

私　「昔の女の子はみんなあんな頭でした。母が言うには、近所の雅代ちゃんと2階の階段に座って歌ったりしていたって。雅代ちゃんとは80になった今も〝まさよちゃん〟〝なおこちゃん〟と呼び合っています」

景子「へえ。今でも」

私　「もうひとつ母が言うのは、父はたくさんのレコードを持っていて蓄音機でレコードをかけると、私は体を揺らして聴いていたそうです。私は10代になると音楽が好きになって、50歳では、音楽で救われるんです」

景子「救われるってどういうことですか」

私　「凄く落ち込んでいた時に、ハードロックにはまって生き返ったの」

景子「ハードロックって……」

私　「クイーンとか。映画の『ボヘミアン・ラプソディ』がヒットしたし」

景子　「あ、観ました」
私　「私は何回も、応援上演にいってます」
景子　「応援上演って、スクリーンと一緒に歌ったりするんですよね」
私　「そう。立ち上がって拍子とって。ヴァン・ヘイレンやボン・ジョヴィのコンサートにいったのを思い出して楽しかった。ロックを聴くと元気になるんです」
景子　「ハードロックなんて、すごぉい」
私　「この歳でロック聴く人、少ないかもね。ロックの話はずっと後のことなので、子どもの頃の戦争体験の話を聞いて頂きたいけど、いいかしら」
景子　「はい。戦争体験って……全然知らないんです」

8歳・空襲で火傷《やけど》

私　「2年生の時。家が空襲で焼かれて私は顔に火傷《やけど》してしまうんです」
景子　「ええっ……」
私　「中目黒の家のまえに、ビルディング位の大きなガスタンクがあって。太平洋戦争が激しくなると、父はガスタンクが空襲の標的になるからと、下目黒の高台の静かな住宅地に引っ越すことにしたのです。それが裏目に出てしまうのですけど。私は広い野原の中にある国民学校に転校しました。授業中に空襲警報が鳴ると、防空頭巾を被って家に走って帰ります」

景子　「防空頭巾って……地震の時にかぶる？」

私　「そう。それをいつも肩から斜めに掛けていました。昭和23年3月の下町が空襲に襲われた時、空が燃えるようでした。5月、連日の空襲で夜は服を着たまま寝ていました。夜、空襲警報が鳴って敵機来襲。爆弾が家に落下。火の手があがって。〝学校の広場に！〟と父が叫びました。母はひと月前に産まれたばかりの妹の昭子をお腹にくりつけ、2歳の弟の龍雄は叔母におんぶされて。私たちは頭巾をかぶってあちこち燃えている中を学校に向かって走りました。広場には大勢の人が避難していました。B29の爆撃機が上空に襲来してきます。見上げると、星が川のようにシャーッと音を立てて流れ落ちてきます。それは焼夷弾、爆弾だったのです」

景子　「わあ。怖い……」

私　「伏せろって声がして。私は一歩前に、母たちは後ろに下がって避難したのです。ところが私は突然目の前が真っ赤になりました。焼夷弾が爆発して飛び散った油火が頭巾に飛び火したのです。〝お母さん〟と叫びながら夢中で走りだしたのを母が気付いて、地面に転がして火を消してくれました。私はあご、両手首、右脚の裏に火傷を負ってしまいました」

景子　「こないだアイロンで指を火傷したんですけど、熱くて痛くって氷で冷やしたり大騒ぎ

私　でした。そんな火傷して、大変だったでしょう?」

私　「全く記憶がないんです。私の通っていた学校が火に包まれて、どこからか馬が一頭、火の中を駆け抜けていくのを見ていました。この広場で爆撃を受けて亡くなった方がいたって聞きました」

景子　「……(じっと聞き入っている)」

私　「夜が明けて家の方に戻ると一面の焼け野原。父が目を真っ赤にして待っていました。家の敷地は燃え尽きて、何十枚のレコードがそのまま丸い形のまま灰となっていたのを覚えています。翌日、病院で火傷の手当てを受けて、予定していた湯河原に疎開して農家を借りて暮らしました」

景子　「火傷は大丈夫だったんですか」

私　「湯河原の温泉が火傷に効くというので、毎日温泉に浸《つ》かっていたんです。少しずつ皮膚が白くなって新しい肉が上がってきました。手首とふくらはぎの火傷は、現在《いま》もかすかに跡があります。あごのここも(指で示す)」

景子　「……(見る)」

私　「昭和20年の8月15日の終戦を湯河原で迎えました。私は8歳でよくわかりませんでしたが、父や母たちは泣いていたようです。日本が負けたのですから。9月に東京に戻ってきました。父が飛行機の部品を作っていた工場は戦災で焼けてしまって機械工具店をしていた事務所が港区の都電通りにありました。1階は店と台所。2階は畳と板《いた》敷《じき》の2部屋。父はここを仮住《かりず》まいのつもりでしたが、私たち、父と母と弟と妹は東京オリンピックがくるまで20年をそこで暮らしました。私の10代や20代はこの地で過ごすことになるんです」

景子　「戦争体験、初めて聞きました。本当にあったなんて……」

人生最初のハードル

私　「火傷の続きですけど、私のあご、唇の下に薄く跡があるのは戦災の火傷です。戦後、火傷によって顔にケロイド状になった娘さんたちが、アメリカへ皮膚移植の手術を受けにいきました。私の火傷はケロイドまでしていなかったのですけど、親は、女の子の顔だから心配して、大学病院に伝手《つって》を求めて診察を受けたんです。お医者さん達が私のあごを診察して、何か話しあっています。結論としては、私の右腕の内側の皮膚を取って、あごに張り付けて移植する。その間は腕を顔に縛りつけて固定して、食事は管で摂るという手術をするというのです」

景子　「わぁすごい手術」

私　「聞いただけで怖くて、そんな手術はイヤだって言いました。お医者さんも〝大人になるにつれて皮膚は薄れていくし。お化粧でカバーすることも出来る〟と言ってくれて。

それっきりになりました。成長するにつれて火傷の跡は薄れましたけど、年頃になるとやっぱり、人の目が気になって。私を見て不快な気持ちになるのではないか。人前に出ない方がいい……そう思って気が沈むこともありました。顔のことでいじめられたことが……」

景子「えっ……」

私「一度もなかった」

景子「あ、良かった」

私「からかわれたこともありませんでした。私は呑気にできているのか、いろんなことに興味が湧いて、顔のことは忘れているんです。それが良かったのかも」

景子「どういうことですか」

私「私が顔を気にして、人前に出ないでめそめそしていたら、周りも気になるでしょう。私がケロっとして普通に笑ったりしているから、周りも気にしなかったと思うんです」

景子「そうですね。気にしているのが分かると、こっちも気をつかってしまいますから」

作文と本が好き

景子「小学校はどこだったんですか」

私「1946(昭和21)年、目黒区田道《でんどう》小学校の3年生に編入しました。前に住んでいたガスタンクがあった中目黒です。空襲を避けて引っ越した先が戦災で焼けて港区は無事でした。父は〝その内また中目黒に越すから〟と言って、港区から学区外に編入させたのです。都電に乗って15分ほどで終点の目黒に出て、学校まで10分以上歩いて、6年生まで通いました」

景子「よく通いましたね」

私「笑い話があるんですよ。私は腰を上げるのが遅いのに、思い立つと動きだす。のんびりと都電が来る時間にあわてて家を飛び出して乗ったら、肩が軽い。ランドセルを忘れてたんです。ある日は、学校について上履きに替えようとしたら、ズックの左右が違うのを履いていたの。実は80歳になっても同じことしました。急いで靴を履いて。電車に乗って足元を見たら左右違うパンプスを履いていたのよ」

景子「えっ。ウソ」

私「ホント。まるでマンガでしょ。中学で『サザエさん』を自作自演して落語を書いたり、コメディタッチの話を書いていくのもこういうことが由縁しているんです」

景子「ウフフ。すいません。笑っちゃいました」

私「どうぞどうぞ。小学校で将来につながることに出会うんです。5年と6年の担任の桜沢寿《ひさし》先生の影響です。当時はお兄さんのように若くて。理科が専門で教科書作ったり、テレビの学校放送に出たり、後年には校長先生になられました。先生は校庭の一番高い鉄棒で大回転をしてみせる。オルガンを弾いて歌の指導。油絵も描く。運動会のダンスも、校庭いっぱいを使ってクラス全員で遊ぶことも教えてくれました。私達はみんな先生が大好き」

景子「凄い先生」

私「その頃の私は背が大きくてリレーの選手もしたお転婆だけど、作文と本が好きでした。桜沢先生が本を読んでくれたのです。『ああ無情』『まだらの紐』とか。毎日読み聞かせてくれて。そして作文。当時はまだ物がなくて破けそうな藁《わら》半紙に線を引いて書くのです。作文のいいところに赤い丸をつけて〝ここの描写がとてもいいね〟と感想も書いてくれます。初めて創作というのを書いたのもこの時」

景子「それが始まりなんですね」

交換絵日記

私「この時代に得たものは終生の友達です。幼馴染の関根雅代ちゃん、同級生の野口敏子さん、渋谷蘆子《よしこ》さんの4人組。敏子さんとは交換絵日記を書いていました。毎日ノートを持ち帰って、翌日に学校へ持ってくるの。今でも当時の小学校時代のことが懐かしく胸いっぱいになります。ほら、これです。ちなみに私の旧姓は古川」

私は古い絵日記を見せた。黄ばんだノート。

各ページの上下に字と絵が描かれている。

ある日の日記

5年生、1948（昭和23）年9月15日・17日

「直子　十月から運動会があるので今日はリレーの選手をきめた。男子のせんしゅは滝沢さん。女子の方は私と野口さん、河東さんの三人でかけた。野口さんも河東さんもなかなか早い。それでも私は選手になれた。早く運動会がこないかとまちどおしい」

「敏子　今日は古川さんが家に勉強しにくるのでわたしと総子ちゃんと家の前で遊んでいるとむこうから古川さんみたいな人がきた。私と総子ちゃんと古川さんといってかけていった。そうしたら人ちがいだった。私と総子ちゃんは顔を赤くして逃げてもどってきた」

景子　「お弁当箱とかキューピーさんの絵が描いてあって楽しい」

私　「敏子さんは可愛くてキューピーというあだ名だったの。小学校の頃が懐かしい。今でも校歌を全部歌えるくらい。ところで景子さん、何か習い事しました？」

景子　「小学校ではピアノと水泳。中学になって器楽部でフルートを少し。どれも長続き出来なくて」

私　「私ね、ピアノがないのに習ったことあるんです」

景子　「え、どういうことですか」

私　「父が〝引っ越したらピアノを買う〟と言うので習いにいったんです。家にピアノはないので、ピアノの鍵盤そっくりの、練習用の細長い1メートルくらいの紙があって、それを広げて指使いの練習をするのです」

景子　「その紙の鍵盤の上で？」

私　「そして、ピアノの先生のところにいって、本物のピアノを弾くの。戦災でピアノを失った家もあった時代で、先生は〝いつ頃ピアノを買うの？〟と訊きます。父は戦後、工具店を辞めていろいろな商売をして母も働いていましたけど、ピアノを買うゆとりはないのはわかっていました。それでも数年間、習い続けてチェルニー教則本を仕上げました。お陰でギターを習う時や、私の次女がエレクトーンを始めたとき、音符が読めるので役にたちました」

アンテナ術

原点は幼少期に

幼い私がレコードに合わせて体を揺らしていたという母の言葉に思い当たります。戦後は外国からジャズ、ウエスタン、ハワイアン、シャンソン、タンゴが入ってきました。私は音楽に魅せられてオペラ、クラシックのコンサートにもいきました。三つ子の魂百まで。好きなことの原点は幼少期に潜《ひそ》んでいるのです。

子どもが本当に好きなことを

私は貸本屋の少女小説に夢中になっていました。ある時「お母さんが本ばかり読んでと心配していたよ」と先生が笑いながら私に言いました。先生はやめろとは言いません。私もやめる気はありませんでした。私にとって本を読むことは息を吸うことと同じ。子どもの本当に好きなことを禁止するのは子どもの未来を塞ぎます。

習い事は個性を育てる

私も娘たちに習い事をさせました。長女は小学1年生の頃から独特の絵を描くので、絵を習いにいかせました。子どもの感性を重んじてくださる児山重芳先生は、付き添いに来ている母親達に「お子さんの絵に口をださないように」と言われました。親の知恵で子どもの絵を批判するからです。先生はスペインで画家として大成されました。長女は独特なイラストを描くようになって、高校3年のとき、私の『エプロン作家奮戦記』の表紙画を描きました。

次女は、テレビで聴いた歌をオモチャのピアノでそっくりに弾くので、音感がありそうと思い、エレクトーン教室にいかせました。発表会にも出ました。習い事はしたほうがいいと思います、上達していく楽しみや達成感があります。実際に体験することから、好きなことは何かを見つける手掛かりになるでしょう。

幼友達は終生の友

好きなことを見つけて全うしていく上に欠かせないのが、支えです。私の4人組の幼友達は別々の中学校に進学。それぞれの結婚後も、80年余も親交が続いています。3人は早くに母親を亡くし、私の母は96歳まで長生きしたので、時折母に会いに来てくれて、母も彼女達に会うのを楽しみにしていました。友達は心の支え、宝物です。

友達との縁を大事にすることもアンテナ術のひとつです。

第一ハードル10代　中高時代
迷いと挫折の逆転

問　反抗期の息子に接するには
どうしたら感性豊かになれますか

登場人物　景子20歳
久美35歳

堀辰雄の墓碑のスケッチ

ゲーリー・クーパー

堀多恵子夫人と著者

良妻賢母の中高

玄関のチャイム。開ける。景子と久美を招きいれる。

景子「こんにちは。従姉《いとこ》を連れてきたんですけど、いいですか」

私「どうぞ。お待ちしてました」

リビングの長椅子に腰かける景子と久美。私は向かい側に座る。

久美「突然お邪魔してすみません。久美と申します。お花がお好きと聞いて」

ラベンダーの鉢植えを差し出す。

私「わ、ラベンダー。いい香り。北海道にいった時、丘の上が紫のラベンダーに覆われて
しばらく動けなかったのを思い出します」

久美「ラベンダーは本来《ほんらい》、木なので、水は控えめに。やり過ぎると枯れてしまいます」

景子「従姉はフラワーショップで働いているんです」

私「あぁ、それで。以前水をやり過ぎて枯らせたことがありました。今回は気をつけます」

久美「友達が花屋をやっていて手伝わせてもらっています」

景子「きれいな仕事に見えて水仕事で手は荒れるし、大変なんですって」

私　「そうでしょうね。あの、従姉さんというと、どういう？」
景子「うちの母のお姉さん、伯母さんの子供です」
久美「わたしの方がずっと年上ですけど。中学生の息子がいて……。今日は、中学の頃のお話を伺うと聞いたので、押しかけてきてしまいました」
私　「どうぞ。お気兼ねなく、あ、紅茶淹れましょうね」

ティーカップに3人分の紅茶を淹れる。
景子、カップに興味があるようで手にとって見ている。

景子「ステキなカップ」
私　「イギリスにいった時に買ってきたもの。もう30年も前ですけど」
景子「あ、そうだ。イギリスのハード・ロック、好きなんですよね。すごく詳しいのよ」
久美「そうなんですか」
景子「さっそくですけど、先生の中学はどこだったんですか？」
私　「渋谷にある実践女子学園という中高一貫の女子校。小学校の桜沢先生が勧めて下さったの。良妻賢母が校風で」
景子「……りょうさい？」
私　「よい妻と賢い母という意味。それが学校の伝統なの。私はそこに7年通ったのよ」
久美「あの、普通は6年ですけど……」

私　「1年留年して」

景子　「落第？」

私　「いえ、病気で休学したの」

景子は久美に膝を叩かれて舌を出しながら、

景子　「すいません……」

私　「いいんですよ。中学に入ってから、私はいろんなことを吸収しました」

久美　「どういうことですか」

私　「実践には都電通学でした。渋谷のひとつ手前の並木橋で降りて、坂を上がって右に曲がると裏門。4月は八重桜がきれいで。敷地を入ると中庭があって左手に4階建ての校舎と講堂。その左をいくと校庭。校庭の右奥の築山に、香雪《こうせつ》記念館。創設者の下田歌子先生を記念する建物がありました。校庭に大きな桜の樹は、切ると血が出るとかって」

景子　「そういう学校の怪談、どこにもありますよ」

久美にまた膝を叩かれた景子は首をすくめる。

私　「渋谷からはバスで青山学院初等部。そして、東宮御所を通ると実践の正門前に停まります。東宮御所は皇太子様、今の上皇様が10代の頃に住んでいらしたお屋敷でした。皇太子様がどこかにお出ましになると知ると、私たちはキャアキャア言って体操着のブルマー姿のまま通りに飛び出すので、礼法の先生に〝はしたない〟って叱られたものです」

サザエさんを自作自演

景子　「フフッ。今のアイドルみたい。イタッ（また叩かれる）」
私　「1学年6クラスあって、1クラス50人くらい。制服はセーラー服」
景子　「いいな。セーラー服。あたしたちはブレザーだった」
久美　「作文はその頃から書いていらっしゃったのですか」
私　「書いたのはサザエさんの劇でした」
景子　「サザエさんのマンガの？」
私　「クラスの誕生日会で何かやろうってことになって、私が提案して、サザエさんのマンガからいくつか拾いだして劇に仕立てたんです。だけど、サザエさんを誰もやりたがらないの。書いた自分がやればってことになって」
景子　「それで」
私　「仕方なくサザエさんをやったら、大いにウケて。中学からの友達が今でも私を見ると〝サザエさんを思い出す〟って言うんですよ。そうそう。長谷川町子さんに手紙出したらお返事下さいました」

久美「それでシナリオを書かれるようになったのですか」

私「20年もあとのことです。まだ中学の頃は漠然と書く人になりたいなって思っていました」

読書と映画は感性の源

久美「本はたくさんお読みになったのでしょうね」

私「そんなに数は読んでいません。中学の教科書で出会ったのは、堀辰雄」

景子「あ、ジブリの映画見ました。『風立ちぬ』ですよね」

私「ええ、国語の教科書に堀辰雄のエッセイが載っていて。それがすごく気にいったんです。それで彼の作品をどんどん読んでいきました。彼が読んでいたフランスの作家の本を私も背伸びして読んだり。終生の愛読書、心の水源地のようになりました。多磨霊園を探してお墓参りに、軽井沢、追分の堀辰雄記念館にもいきました。そしてなんと、奥様の多恵子夫人にお会いすることが出来るんです。葉書もやり取りさせて頂きました。もう亡くなられましたけど、私の宝物」

久美「そこまで深く係わるってすごいことですね」

景子「ほんと。感動しました。映画とか、たくさん観たんですか」

私「実践の隣は渋谷でしょう。映画館がたくさんあってね。当時は映画の全盛期。２本立てもありました。洋画はアメリカ、フランス、イタリア、スウェーデン、中国。当時の映画は殆ど観ました。映画からたくさんのことを学びましたね。海外の文化、暮らし、衣食住。音楽映画からはショパン、シューベルト。絵画はゴッホ、モジリアニも映画から知りました。新劇、オペラ、バレエ、クラシックコンサート、宝塚を観ていました」

景子　「好きなスターとかあったりして」

私　「ええ。多分知らないと思うけど、ゲーリー・クーパーが好きでした。当時、日本で人気があったの。クラスでも、クーパークラブを作ったくらい」

久美　「聞いたことあります。えーと『真昼の決闘』でしたっけ」

私　「それと『誰が為に鐘は鳴る』。若い頃の西部劇が素敵だったの。私、ブロマイド集めてアルバム作って、今も大事にもっているのよ」

景子　「へえぇ。かなり、ですね」

久美　「高校で病気なさったって伺いましたが……」

高校2年で休学・2年生を2度

私　「私、いろんなことをやりたくなってしまうんです。部活はバスケットボール。下手だけど練習にきちんと出ていました。家に帰ると一応予習復習をやります。絵も好きで自己流で油絵を描いていました。イーゼル立てて。縫物も好きでブラウスにフリルを付けたり。本読みたい。映画や演劇も観たい。1日が24時間では足りないくらいでした」

景子　「聞いているだけで目が回りそう」

私　「ほんとに目がまわったんです。朝起きるのがつらくなって。無理に登校していました。学校から帰る時は、体がだるく鞄が石のように重くて……。ある日、保健室に呼ばれて、胸のレントゲンを撮るように言われました。学校でおこなわれた健康診断で血沈の数値が異常で。ついに肺浸潤と診断されてしまったんです」

久美　「まぁ……」

景子　「どんな病気なんですか？」

私　「結核までいかないけれど肺に蔭があって、微熱があって休養することになったのです。少し休めばいいと思っていたら結局、入院することになってしまいました」

景子　「えっ。入院」

久美　「大変なことになってしまったんですね」

景子　「あたしならパニックっちゃいます」

久美　「どうやって過ごされたのですか？」

私　「個人病院で入院しているのは私ひとり。寝ているだけで時間はあるのでこの時とばかり、読めずにいた長編小説、ドストエフスーの『白痴』を読んだり、石川啄木の歌を暗唱していました。好きだったのは『不来方《こずかた》お城の草にねころびて空に吸はれし十五の心』。未来への不安と夢想する10代の気持ちが心に響いて、今でも口にすると当時の想いが蘇ります。もしかしたら一生この病気なのかと不安になったりしました。でも、友達が見舞いに来てくれてお喋りしたり、それなりに日が過ぎていきました。ちょうど年の暮でクリスマスもお正月も出来ないのが悲しかったけど……」

久美「つらかったでしょうね……。それで、高校にはいつ戻れたんですか？」

逆転学生生活

私「3ヵ月ほどで退院できましたけど、出席日数が足りないので高2をもう一度やり直すことになったのです。落第じゃなくて」

景子「すみません（首をすくめる）」

私「ショックだったのは、4月に学校にいったら、元の友達は高校3年になって上の教室。私はまた2年で1階の教室でした。去年は下級生だったところに、〝今度編入してきました。よろしくお願いします〟って、まるで転校生みたいに」

景子「うあ……ほんとにショック」

私「でも、考え方を変えたんです。逆転の発想で」

久美「どういうことですか」

私「もう1年学校にいるのだから、学生生活を楽しもう。新しい友達を作ればいいやって。体も良くなったので、新聞部に入って学校内のお知らせや部活の話題を記事にしたり、本や映画の紹介なんかも載せて、いろいろ書きました。部活の文芸部で、『からまつ』という文集を作って、エッセイや小説を書いたりしました」

景子「さすがぁ」

私「めげずにいられたのは、心の奥で、いつか物を書く人になりたいという夢があったからでした。その思いが支えだったのです。高3を送る予餞会《よせんかい》の劇の本をなぜか、私が書く羽目になって、バラエティみたいなドタバタ劇を書いて演出もして、好評だったんです」

久美「着々と力をつけていかれたのですね」

私「それはどうか分かりませんが。私が3年になって卒業する時。謝恩会の劇も書いて小使いさんの役で出たりしました。その時の台本の一部が最近、古いノートに挟まって出てきて、懐かしかったです」

景子「それで、シナリオを書くようになったって訳ですね」

私「それがね、高校の時にこうして書いていたのを忘れてしまうんです。サザエさんを自作自演したこともけろりと。それで、シナリオにたどりつくまで10年も遠回りすることになるのです」
景子「大学はどうしたんですか」
私「私は受験するつもりでいたんです。ところが、親が〝女の子には学問より手に職だ〟と洋裁学校にいくように言われてしまいました。それで、それもそうかって」
景子「諦めたんですかぁ」

進路は迷路の末に

私「最初はがっくりしましたけど。考えたら、物を書くのに必ずしも大学はいらないと気付いたの。受験勉強に費やす時間がもったいない。その時間に映画や演劇を観たほうがいい。親の反対を押し切るほど大学にいく気はなかったんです。縫物も好きだから洋裁学校へいきながら、映画や舞台を観て勉強しようって魂胆もあって」
久美「お話を聞いていると、病気したこと以外は思い通りに楽しまれたようですが」
私「それが……中2の頃、もの凄く自身喪失に陥って苦しんだことがありました」
景子「えーッ」
久美「ほんとですか」
私「ほんとに辛い日々でした。自分は何も出来ない。どうしたら自信を持てるようになるだろうって悩んで。悩んで。自信をつける方法っていう本を買って誰にも見られないように、必死で読んでいました。それでも憂鬱になって、電車で遠足にいった時、私が線路に飛び込むんじゃないかって、友達が心配したくらい」

景子「そんなことがあったなんて」

久美は、身をのりだして、真剣な眼差しで見つめる。

久美「それで、どうなさったんですか？」

私「今にして思えば、思春期の悩める反抗期だったのでしょうね。周りのものが気に障ってイライラしていました。でも、ジタバタしてもしょうがない。自分は自分でしかないと諦めがついて、今やれることをやっていくことにしたんです」

反抗期はどうしたら

久美は、深くため息をつきながら、指先でテーブルの小物をいじっている。しばらくすると、思いきった表情になって、

久美「今、うちの息子も……。反抗期っていうのでしょうか、最近、ムスッとして。何を言っても返事もしないで。実は、この間、わたしにこのババァって……びっくりして、もう悲しくなって……」

景子「あのケンちゃんが？　ママっ子だったんですよ。うちに泊まりにきた時は半べそかいてママって」

私　「お父さん、ご主人はなんておっしゃっているんですか？」
久美　「主人は、単身赴任で神戸にいっていまして。電話で話したら〝男の子はそんなものだ、放っておけばいい〟って……でも、どうしたらいいか、わからなくて……」
久美は思い詰めた表情でうつむいてしまう。
景子　「そうよね」
私　「反抗期ってそういうことあると思います。私の知り合いの人も、娘さんから、アンタって呼ばれてショックだったと言ってました。そういう年代はつい、憎まれ口を言ってしまうんです。でもそれを許してはいけないと思うんです」
久美　「どうすればよいのでしょうか」
私　「親に向かってそういう言葉は言ってほしくない。悲しかった、と毅然として言ってあげると良いと思います」
久美　「余計、反抗しないでしょうか」
私　「親が本気で向かえばきっと通じます。私は娘に、自分がどんなに不機嫌でも〝いってきます〟と〝ただいま〟の挨拶は大きな声で言ってほしいと言いました。親の本気を見せることだと思います。それと、感性を豊かにする年頃なので、いろんなことに触れる機会を作ってあげて欲しいです」
久美　「それは、すればいいでしょうけど」

私　「ずっと以前、シナリオの公開講座をしていた時の青年のことが印象に残っています。知性的な感じで話し方もきちんとしていました。彼は中高から進学校で勉強一筋。大学も現役で入って就職もエリートコースでした。それがある日、プツンと糸が切れたみたいになってしまった。そんな時、ふと映画を観にいったそうです。その映画に物凄く感動して魂が震えるようだったと。世の中には映画という人の心を打つものがあるのだと気が付いた。それで、シナリオとはどういうものか、この講座に来てみたというのです。彼の話に会場はシーンとなったあと拍手が沸きました」

下を向いて動かない久美。必死に思考を巡らせているように険しい顔になる。

私と景子は久美が顔をあげるまで黙って待つことにした。

私　「映画や文芸には、人の感性を豊かにする力があるのだと思いました」

久美「うちの子にも、そういう感性をもつようにさせたいです」

私　「ええ。いろんなことに触れる機会をもたせてあげるといいですね……。演劇、展覧会、スポーツ、ライブ、旅行とか」

景子「でも、つまらないって言うかも」

私　「つまらないって分かるのもひとつの結果。別に興味のあるものを見つければいいし」

久美「ありがとうございます。何か気が楽になりました。お聞きしてよかった。景子ちゃん、今日はありがとう」

景子「あたしもね、服飾の専門学校で、皆がデザインも上手で才能があって、あたしなんか駄目だって落ち込んでいたんだけど、あたしはあたし。頑張りまぁす」
久美「それでこそ、景子ちゃんね」
景子「はぁい」

アンテナ術

逆転の発想

病気になったのは、欲張り過ぎた自業自得だと身にしみて欲張らないようになりました。待つことも、この頃に身に付けたものです。病気も花もその時期が来れば治るし花を咲かせます。いつか願いが叶うと信じてアンテナを張って、何かピンとくるまで待つ。あれこれ迷うのは好きなことを探している時でもあります。

読書は栄養剤

読書は知識と志向と感性を培います。私は堀辰雄を知ったことは大きな収穫でした。長編もこの頃、『チボー家の人々』『ジャンクリストフ』『白痴』などを読んでおいてよかったと思います。大人になると読む時間がなくなるのです。最近は小説やシナリオを書きたい人たちがあまり本を読まないそうです。栄養補給は大事です。

感性を育む時期

若い時に観たり聴いたりしておくのがいいと思います。シナリオライターを目指す人たちは出来るだけ本物を観ておくことです．歌舞伎は一幕だけの幕見というのもあります。寄席もいつでもやっています。実際にその場に触れることが大事です。私の孫娘たちに、歌舞伎や宝塚を観る機会を作りました。とても喜んでいました。

友達は財産・心の水やりを

友達がいない、友達が作れないという話を聞きます。私は長い付き合いの友達が何人もいます。小学校の同級生は70年。中学、高校からの友達は今も連絡し合っています。中学の頃、石巻の人とペンフレンドになって今も続いています。友人としばらく会わない時は、メールやハガキを出します。心の水やりです。友情も大事に育てていくのです。

思春期は模索と迷路の時

親にも周囲にも礼節をもつこと。「おはよう」「いってきます」などの挨拶はきちんとするよう、けじめをつけることが肝要と思います。親も子も我慢の時なのです。じっと見守って嵐が過ぎ去るのを待つことです。今はゲームなどバーチャルの時代。情報は豊富です。だからこそ実際に触れたり体験することが感性と感覚を育ててくれます。

第二ハードル　20代
結婚・投稿は文章修業

問

結婚は人生の墓場ですか
主婦は職業ですか

登場人物　景子20歳

よみうりこだまの会60周年記念誌

投稿時代の著者

結婚への道

梅雨の長雨が晴れた6月のある日の午後。「こんにちは」と景子が訪ねてくる。

景子「今日はアップルパイを作ってきました」

と景子がやって来た。

私「嬉しい。大好きなんですよ。今日はミルクティーにしましょう」

アップルパイにナイフを入れると、中から新鮮なリンゴの香りが漂ってくる。私はミルクティーを淹れる。

景子「この前のとは違うカップ。花の模様がかわいい。この間はありがとうございました。従姉の久美ちゃんがすごく感激してました」

私「何か参考になったらいいけど」

景子「あれから、ケンちゃんと神戸にいったんですよ」

私「単身赴任のお父さんのところね」

景子「六甲へ登ったり。ケンちゃんとお父さん、阪神ファンで2人して盛り上がって。夜景

見ながら親子３人で食事して、楽しかったそうです」
私　「それはよかつた。旅行先では何かと助け合うから、緊密になれるのよ」
景子　「……すごいショックなことあって……」
珍しく肩を落とす景子。うかない顔。
私　「まさかにチカンに襲われたとか？」
景子　「それだったら、大声でチカンって叫んでやります」
私　「ま、それもよしあしだけど」
景子　「結婚することになったんです」
私　「えっ。いつ？　もう日取り決まったの？　お祝いしなくちゃ」
景子　「やだ。あたしじゃないです。高校の時の友達、短大の英文科にいってる優秀な子なんです」
私　「あ、驚いた。で、それが何か？」
景子　「まだ20歳ですよ。相手は10も年上。しかもネットで知り会ったって」
私　「まぁ。……近頃そういう出会いもあるそうね。親御さんは許してくれたのかしら」
景子　「もめたらしいんですけど、短大やめて家庭に入ることで認めてもらったって。彼女、親が働いていて寂しかったから、自分は家にいて主婦業やるって。そんな早く結婚すると思わなかった」
私　「結婚への道のりはいろいろあるのよ。山坂乗り越える人、迷う人」

主婦は三食昼寝付き？

景子「主婦は職業ですか。この間、母が職業欄に主婦って書いていたんです。〝無職でしょ〟って言ったら、家政婦さん頼んだらすごくお金かかるから、主婦は充分、仕事だって言い張って。給料もらってないしやっぱ無職ですよね」

私「私の若い頃は、主婦は三食昼寝付き、なんて無能扱い。そんな人いないのに。主婦は大変なの。食事の支度。掃除洗濯。お金のやりくり、冠婚葬祭の付き合い。一年中の着る物や布団。暖房器具の管理。家族の健康。子どものこと。親の介護……。なのに、主婦は自分を何の能力もないなんて言うの。誇りを持ってほしいのに」

景子「うちの母もよく言ってます。わたしは何もない能無しだって」

私「そんなことないのに！」

景子「だって主婦からエプロン作家になった人と比べたら、そうなります。ほんとに、主婦からエプロン作家になったんですか」

私「そう。本人が言うんだから本当よ」

景子「信じらんない」

私「でもね（歌う）人生いろいろ……♪　女もいろいろ……♪」

景子「なんの歌ですかぁ」

私　「人生いろいろ。……島倉千代子の歌」
景子「まじ、いろんなこと知ってるんですね」
私　「そりゃ、景子さんの4倍は生きているし、そのうちに知っていきます」
景子「はい。がんばります」
私　「アハ。がんばらなくても、毎日を大事に生きていれば、自然に身につきます」
景子「わかりました」
私　「景子さんは好きなことといっぱいあるんでしたね」
景子「そうなんです。デザインするのも好きだし、お菓子作りも好きだし。動物も好き。仕事なら介護の資格とか。だけどどこか就職して、結婚するのもいいかなんて」
私　「わかります。昔の私も同じでしたもの」
景子「え、そうなんですか？」

青春時代は光と影

景子「えっ、シナリオライター目指していたんですよね。自分の才能信じて」
私　「才能があるかどうか。ただ書くことが好きというだけ。大学は親にダメと言われて。渋谷に開校した田中千代服装学園に2年いきました。子ども服、スーツ、コート。帽子に刺繍まで学んで。友達や知り合いから仕立てを頼まれて、お小遣いにはなりました。今でも縫物は好き」
景子「その頃も、映画や歌舞伎を観にいっていたんですか」
私「ええ。洋裁学校は週5日で半日の授業もあって時間があったの。いろいろ観ておけば役に立つだろうと考えてね。洋裁学校のクラスでは気の合うグループも出来て。ひとりは結婚していた年上の人、あとの3人は私を含めて高校卒業組。4人でハイキングやミニ旅行に出かけたり楽しかった。そうそうダンスホールにもいきました。ワルツやルンバなんか踊って」
景子「えっ。あの社交ダンスですかぁ」
私「そう。昭和33年の1958年頃は、社交ダンスが盛んで、気軽に入れるダンスホールがあったの。入場料払ってホールに入って、席についていると、男性が〝踊りませんか〟ってやって来て。フロアに出て踊るんです。生演奏もついていて、当時、マンボが流行っていて踊りながら〝マンボー・ウッ♪〟て叫んだりして。洋裁学校の頃は私の青春時代ね。いろいろ楽しかった」
景子「聞いちゃおうかな。その頃、ボーイフレンドとか、彼氏は?」
私「ああ、そういう話ね。残念ながらいないの」
景子「だって青春時代ですよ」
私「もちろん、恋愛や結婚の夢を語ったり、盛り上がっていました。お見合いする人もいました。私も出会いがないかなと、男女が集まるサークルに入ってみたけど、私がいいなって思う人は、モテる人で周りに取り巻きがいてね、私なんか近寄ることも出来なくて悲しかった」

景子「それわかるぅ」

私「青春時代は光と影があって、楽しいこともあったけど、私は将来の見通しが立たなくてどう生きていけばいいのか、不安が暗く広がって、辛い時期でもありました」

結婚は人生のスタート

景子「いつ結婚したんですか？」

私「洋裁学校のあと、和裁も習いにいっていました。縁あって23歳の時に」

景子「熱烈なラブストーリーとかあったりして？」

私「これもご期待に添えなくて……。母がよくいっていた呉服屋さんの隣に下宿していた大学生がいたんです。部屋の掃除もしている真面目な人で、英語の通訳学校にも通っていてアルバイトを探しているとかで、彼に何回か教えてもらいました」

景子「あっ。そこでハートマークが……」

私「ブー。その頃、父がアメリカのキャプテン一家と親しくなって、歌舞伎に招待する時、通訳を彼に頼んだんです。それから時々うちに遊びにくるようになりました。大学を卒業後、郷里の岡山に帰らず就職したと聞いて、父たちが年頃もいい。誠実な人柄だし、結婚したらどうかって言うんです」

景子「いよいよですね」

私「私は仕事を持って自立したかった。でもなんの展望もなくてね。女の子は嫁にいくものという時代。私は長女で親は早くにやりたかった。彼は7人きょうだいの長男だけど東京でずっと暮らしていくというので。私は東京しか知らないし、岡山から上京して同じ町に来たというのも縁だなって思ったの」

景子「結婚ってそんなふうに決まるんですね」

私「縁は異《い》なもの。不思議なつながりがあるっていうことなの。景子さん、結婚願望は？」

景子「したいですぅ。ウエディングドレス、自分で作ろうと思って」

私「今日の白いワンピースもそんなイメージね。6月はジューンブライドよ」

景子「いい人いるかなぁ」

私「結婚は人生の墓場っていう言葉があるのよ。結婚したら娘時代のような自由がなくなる。嫁にいったら、何があってもそこに骨を埋めろっていうこと」

景子「墓場なんていやなイメージ。結婚って2人でやっていくものですよね。愛を育《はぐく》んでいくって言うじゃないですか」

私「そうよ。結婚はゴールではなくてスタートなんです。私は結婚して社会に仲間入りした、一人前になったと感じました。そして自分の人生をスタートしようと考えたの。それがシナリオにつながっていくんです」

投稿は文章修業

景子「それはどんなことだったんですか？」

私「アパートで新生活。1年後に長女が誕生。子どもを持ったら可愛くてね。あれほど本が好きだったのに新聞も広げず育児に専念しました。子育ては大変だけど、子の成長に合わせて私も歩《あゆ》んで、子どもの人生を楽しむことにしたの。同時に書くことも始めてみました。子育てのあれこれを書いて新聞に投稿してみたら、採用されて活字になったんです。私の文が世の中に通じた！　嬉しくてね。それから、雑誌に投稿するようになりました。私の人生は投稿から一発逆転したのですけど、文章修業のつもりでした。シナリオにたどりつくのはまだ先。その前に生活の場が変わることになるんです」

景子「生活の場って……引っ越すとか？」

私「ピンポン。そうなの。長女が3歳になる1964年に東京オリンピックがきます。街に高速道路が竣工されるので立ち退くことになって、父たちは東京の郊外へ越していきました。私はアパート暮らしのまま。次女を出産。4歳と赤ん坊を連れて、毎日、都電通りを渡って銭湯へ。夕方は買い物に走って、ご飯作り。子どもの世話……」

景子「わぁ、大変そう」

私「毎日あたふたして。そんな私を心配した父たちが、郊外に呼び寄せてくれたの。一部屋あるからそこに当分居ればって。それでサザエさん暮らしをすることになったの」

景子「サザエさん暮らしって？」

私「サザエさんがマスオさんとタラちゃんと暮らしている家は、波平さんとフネさん。弟のカツオくんと妹のワカメちゃん。つまり実家。私も長女。弟と妹は独身で家にいました。私は夫と娘2人と実家に割り込んでいったから、サザエさんと同じ状況って訳。弟がお嫁さんを迎えるまでの6年間。いよいよシナリオへの足掛かりをつかみます」

よみうりこだまの会に

私「それには投稿が係わってます。当時の読売新聞の婦人欄『赤でんわ』に投稿が掲載されると、投稿者の集まり、こだまの会の会員になれました。毎月一回、新聞社で例会があって講師のお話を聞くことができるのです。普通の主婦なのに新聞社に出入り出来るのが、社会に参加しているようで、誇らしい気持ちでした」

景子「会費はあるんですか」

私「今は年5千円。会員は女性限定で2020年で450人くらい。読売新聞社のバックアップもあって3年前には60周年を迎えて、大手町のホールで記念のお祝いをしました。私は会員の古い方で、一度退会してまた入り直して50年になるの」
景子「そのこだまの会に入って、いいことあったのですか?」
私「大ありです。私ひとりで書いていたのに、こだまの会に入ったら書くことが好きな人たちばかり。世の中にはこういう人がいるんだって心強かった。それで有志8人で、『旅路』という回覧文集を作りました。各自の作品をひとつにまとめて、私のところに廻ってきたら、読んだ感想を書いて、次の人へ送るというシステムなの」
景子「あ。それで回覧文集っていうんですね」
私「ええ。読んでくれる人がいるのは励みになって、私は張り切って童話やエッセイを書いていました. ある時、仲間のひとりが言ってくれたんです。三宅さんの書くものはセリフが面白いわねって。えっ? セリフは舞台や映画でつかうものだ。セリフならシナリオだって閃《ひらめ》いたんです。それが運命のキッカケでした。映画や演劇をたくさん観てきたし、シナリオをやってみようかと思ったのが始まりでした」
景子「わぁ、ついにシナリオライターですね」
私「いいえ。シナリオは独自の書き方があるんです。弟が『シナリオハンドブック』という本を見つけて来てくれて。それを読んでいくうちワクワクしてきて。夢中でシナリオの書き方を独学で覚えていきました。心の奥にしまっていた願望が蘇って、じっとしていられない気持ちになったの。当時に書いた詩を紹介しますね」

陽だまり

ガラス戸越しの陽だまり
太陽のぬくもりでふくらんだふとん
白い衿カバーを掛ける
静寂　平穏な　午後
主婦の座のぬくもり
多くを望まなければ満たされているのに
ガラス戸を開けて木枯らしを手招く
この手でわたしが生きている証しを
掴みたいから
脚が陽だまりの中でもがいている

私　「どうかしら？」
景子　「すっごく実感がこもっていて。う〜ん、てなりました」

アンテナ術

現実から逃げない

高校で病気になって1年休学した時から、現実から逃げないことを覚えました。立ち向かってその状態を活かすこと。大学にいかれなくても道はほかにもある。洋裁を身に付けたのは役立っています。芸は身を助けるというのは本当です。物事が上手くいかない時は何か意味があるのです。逆転を見つける好機、チャンスなのです。

結婚は人生の出発点

結婚は永久就職と言われていました。夫は外に出て働く。妻は家にいて夫に食べさせてもらう人生。私は妻も自分の人生を作ってもいいのではないかと考えました。長い人生、自分らしい生き方をしたいと思ったのです、何かやれることはないかと始めたのが書くこと、投稿でした。読売新聞のこだまの会に入って世界が広がりました。一歩踏み出す勇気が運を引き寄せます。私は今も会員の1人です。

子どもの人生を楽しむ

子育ては辛いものです。長女は生後、便が固くてオロオロしたものです。次女は喘息になって、咳がおさまるまで夜中《よるじゅう》おんぶして過ごしました。子育ては大変ですが子どもの成長は楽しみです。私は子どもの喜びを喜びとし、悲しみを共に悲しもう。子どもの人生を楽しんでいこうと思いました。私の人生と娘2人の、3つの人生を楽しむことが出来ます。今は孫娘3人の人生をたどるのが楽しみです。

家庭は憩いの場

結婚は人生の転機。ハードルです。私は家庭を安らぎの場にしようと思いました。夫は必ず「いってらっしゃい」「お帰りなさい」と玄関まで出迎えていました。夫は岡山県倉敷市出身。夫の生家に子どもを連れて帰郷するのが楽しみでした。温暖な気候。果物、野菜。瀬戸内の魚も豊富です。夫の両親も穏やかでいつも喜んで迎えてくれました。青果業で畑を持っていて、いろいろと東京に送ってくれました。お義父《とう》さんは晩年に洋画家になります。夫はおいしいものが好き。几帳面できれい好き。私は精一杯、主婦として頑張りました。やがてエプロン作家になっていくのです。

第三ハードル　30代
プロの道は険しい

問　魂のアンテナってなんですか
　　家庭と仕事の両立はどうしたのですか

登場人物　久美35歳

『根雪』受賞式 母からの祝いの着物

『みなしごハッチ』のセル画

『樫の木モック』のセル画

魂の声を聴く

6月下旬。陽炎が立ち上る中を久美が訪ねてくる。

私はリビングに招きいれ、冷たい麦茶を勧める。

久美「先日はありがとうございました。おかげて、息子との関係はうまくいくようになりました。こんなの作ってみました。お礼の気持ちです」

小さなブーケを差しだす。色々な花がまとめてある。

私「かわいいわ。こういうのを頂くなんて、嬉しいです」

久美「景子は洋裁の制作で忙しいとか。お仕事中のところお邪魔でしたでしょうか」

私「いいえ。今は好きな時にエッセイを書いたりして。あとはカルチャー教室へいくくらいで。お気兼ねなく」

久美「すみません。30代でシナリオライターになった話を伺いたくてお邪魔に上がったのですけど」

私「ええ。30から私の人生が拓けたのですけど、参考になるかしら」

久美はためらうように間をおいて。

久美「わたし、もう30を過ぎているんですけど、今からでも何かやれるでしょうか」
私「なさりたいことはおありなんですか？」
久美「友達の花屋を手伝っていて、フラワーアレンジメントを習ったらって勧められたのです。講習受けて資格をとったら、プロとして仕事の場があるからと……」
私「いいですね。活躍の場がありそう」
久美「でも、わたし覚えが悪いしセンスもなくて、プロになれるか。なったとしても、どこまでやれるか。家のこともありますし……どうしたらいいか迷ってしまって」
私「……（少し黙って）やってみなくちゃ、分からないじゃないですか」
久美「でも、わたしなんか才能が……。先生はシナリオの才能があるから、作家になられたのでしょうけど」
私「書くことが好きだっただけ。才能があるかどうかわかりませんでした。私の持論ですけど、何かが好きになったらその時点で才能の芽があるってこと。好きでないものに、興味は湧きませんから」
久美「……ですけど。昔から引っ込み思案で失敗ばかりしていて」
私「でしたら、おやめになったら」
久美「えっ？」
私の言葉が意外だったのか、久美は絶句してしまう。

私　「何もしないうちから失敗する予想を立てているなら、やっても無理でしょう……」

私は真剣な目で久美を直視した。

しかし、久美は目をそらしてうつむいてしまう。

私はふっと力をゆるめる。

私　「ごめんなさい。わざと意地悪を言いました」

と笑顔をむけると、久美は安心したように顔を上げた。

私　「私から励ましの言葉を期待していらしたのでしょ？　大丈夫。やれますよって。そういうのは、カラッセジ。口先だけの空っぽのお世辞《せじ》だって、母がよく言っていました。お世辞でも、ないよりましかもしれませんけど」

久美「……（はっとする）」

私　「私は、シナリオを始めた時、才能があるかどうか、誰かに訊きたいと思いました。でも、やめました。ない、と言われてもやめる気はなかった。自分の魂の声を聴くようにしたのです」

久美「魂の声……」

私　「心を清《す》ませていると魂の声が聴こえるんです。そしてアンテナを張っていると、やめておけとか、やってみ

ろとか。魂は本当の心を伝えます。魂が悦ぶことをすると、時間がかかっても、うまくいきます。フラワーアレンジメント、やめますか？」

久美　「……（返事が出来ない）」

私　「さっき、引っ込み思案とおっしゃったけど、2度も私のところにおみえになったし、息子さんを連れて神戸へいらしたのでしょう。行動力おありですよ。他人《ひと》の目や評価より、魂の声を大事に、ご自分を信じていいのではないでしょうか」

久美は下を向いてじっと思いを巡らせていた。

私　「温かいお茶淹れてきますね」

私はあえてゆっくりと日本茶を淹れる。

2人分のお茶が用意されても　久美はまだ考えている。

私　「それでは、私の30代の話をしましょうか」

久美　「あ、はい。お願いします」

独学でシナリオ佳作入選

私　「このあたりは以前、景子さんにもお話したんですけど、読売新聞に投稿して、よみうりこだまの会に入りました。その仲間と回覧文集を作って、私はエッセイなど書いていました。そのひとりが、あなたのセリフが面白いって言ってくれたのがきっかけで、シナリオを書いてみようと思いたったのです。シナリオの書き方の本を夢中で読んで、シナリオの書き方を覚えていったのです」

久美「その頃、実家でサザエさんのように暮らしていらしたと聞きましたけど」

私「ええ。実家ですから、私はまるで娘気分で家事は殆ど母まかせ。私は上の子の幼稚園の送り迎えと2歳の下の子の子育て。シナリオは次女をおんぶして、立ったまま原稿用紙を広げて書いていました」

久美「えっ、立ったままで……？」

私「そうしないと時間がないんです。そうやって、独学で覚えて書き上げたシナリオを、身近に読んでもらう人もいないので、懸賞テレビドラマに応募してみたのです」

久美「どんなお話ですか？」

私「タイトルは『芽吹《めぶ》く頃』。地方からそば屋さんに働きにきていた少女の成長物語です。港区の商店街に住んでいた頃、地方から働きにきている若者が多くいて。それをヒントにしたんです。応募したのを忘れていた年末に、ＮＨＫから、佳作に入選したという電話があって。ええっと叫んでしまいました。その上にテレビドラマとして放映されるというのです。家族には応募したのを黙っていたので、いつ書いたのかって驚いて」

久美「それはびっくりなさったでしょうね」

私「一番驚いたのは私本人。初めて書いたシナリオが、世の中に通じたのですもの。佳作は運命のドアでした。もしかしたら世に出られるかも。道が拓けたような気持ちになってね。シナリオの夏期講座があるのを知って受講しました。翌年はシナリオ研究所の研修科に入りました。母が子どもの面倒をみてくれるのは、サザエさん暮らしの効用でした」

久美　「実のお母さんというのは心強いですね」

私　「それまで私は物書きになる夢を誰にも話していませんでした。母は私が本気なのを感じ取ったのでしょう。講座に通わせてくれました。週3日。4つのゼミを選ぶことが出来ました。ひとつは夜の9時過ぎ終了。赤坂から調布まで1時間以上。家に着くのは10時過ぎ。子どもたちはもう寝ています」

久美　「ご主人はどうされていたんですか？」

私　「それですよね。主婦が何かしようとした時、ネックになるのが夫です。主人に〝どこへ何しにいっているんだ〟と訊かれました」

久美　「どう話されたんですか？」

私　「赤坂でシナリオの勉強ですと言うと〝シナリオやってどうなるんだ？〟と主人。〝さぁ？〟と私。まるで禅問答。答えられないのです。受講したからシナリオライターになれるのでも、何かの資格が取れる訳でもありませんし。とにかく勉強したいのでいかせてくださいとお願いしました。主人も私の気迫に押されたのかもしれません。佳作に入ったという実績があったからかも。主婦が何か事を起こす時には五つのコツがあるんですよ」

久美「どういうことでしょう。ぜひ伺いたいです」

私「一に気迫。二にタイミング。三は子を味方に。四はパワー。五にヘソクリ。私は講座の受講料を自分の貯金から出しました。自立の一歩としてヘソクリは必要です」

久美「甘えてばかりではだめってことでしょうね。それで、その講座でシナリオの実力つけていかれたんですね」

私「ところがところが、ひどい挫折に陥ってしまうのです。最大のピンチです」

久美「まだ壁があったんですか？」

書けない挫折に陥る

私「受講しているのは若い人が殆ど。映画について熱い討論をかわしていました。私は家庭に入ってから映画1本観ていなくて、話についていかれません。時代遅れ。井の中の蛙でした。シナリオの宿題も書けず……。もう暗澹《あんたん》としました」

久美「どういうことですか。すでに佳作も獲られていたのに」

私「書く材料がなかったんです。私は人に語るような体験も社会に訴えたい問題もなく、普通の生活を送ってきただけ。これまで書きたい書きたいと思っていたのは幻想を見ていたのか。必死で走ってきて気付いたら崖っぷちに立っていて、深い洞窟を覗くようでした……」

久美「それで、どうされたのですか？」

私「編み物や料理を習ったほうが家族のためになる。シナリオなんかやめようかって漏らしたら。主人が〝何をやっても物になる道は同じだろう〟って言ってくれたのです。ふっと肩の力が抜けて考えました。私に何が書けるのか。私は何を書きたいのか。なぜにこんなに書きたい気持ちになるのか……。ただ好きなだけか。自分でも不思議でした。その答えはずっと後になるまでわかりませんでした」

久美「……（じっと聞いている）」

私「その時にたどりついたのは、私は普通の人間だと気付いたことです。普通の人間にも日々喜びや悲しみがある。そういう普通の人の話なら書けるかもしれない。そう思い直したら、吹っ切れて、それからの私の作風の基本になりました」

恩師石森史郎《いしもりふみお》先生の傘下《さんか》へ

私「そう言っても、研修科を修了するまで、作品は書けませんでした。でも、生涯の恩師と出会うことになるのです」

久美「新たな展開ですね。どういう方なのですか」

私　「4つ目のゼミの先生で、日活や松竹の映画、テレビで活躍中のまだ40歳前のスリムな若々しい方でした。先生のシナリオの講義は実質的で面白くて引き込まれました。当時のノートは今も取ってあります。研修科が終わった後、先生が勉強会をしようって言ってくださって、先生の仕事部屋に月1回、4、5人集まりました」

久美　「勉強ってシナリオの書き方とかですか?」

私　「お部屋には本がぎっしりあって。シナリオや映画の話をしてくださいました。時には、監督さんが訪ねていらしたり。書き方の指導は誰かが書いてきた作品の講評でした。私は先生に添削して頂いた習作を大事に保存しています。先生は私たちの拙《つたな》い作品にも赤ペンをいれないのです」

久美　「それはどういうことなのですか?」

私　「普通、添削というのは、赤ペンで修正するところにチェックを入れるのです。でも石森先生は、すべてのページにメモが挟んであって、ここのセリフは要らない、ここの意味を詳しくなどと指摘してあるの。未熟な私たちの作品を尊重してくださるのです。先生にお会いしなかったら、今の私は存在しません。私の生涯の恩師なのです」

久美　「そういう方に巡り会うのはなかなかありえないことですね」

私　「私のデビュー。実は佳作に入るのにも石森先生のお世話になるのですが、その前に懸賞テレビドラマに本入選するまでの話があるのよ。佳作のあとも2度懸賞テレビドラマに応募したのですが、1次にも残らず惨敗。それはシナリオの知識だけで書いていたのです。3年目。これが駄目なら諦めようと応募した『根雪《ねゆき》』というのが、やっと受賞できたの」

久美「よかったですね。ついに念願が叶ったのですね」

私「受賞が読売新聞にとりあげられて。全国から手紙が来ました。私がよみうりこだまの会の会員で、普通の主婦だったことが反響を呼んだようでした」

久美「どんな手紙が来たのですか」

私「自分も主婦で夢が叶わなかったので頑張ってほしい。高校出だけでよくやった。ご主人やお母さんに感謝しなさいなど。いろいろあって感動しました。もちろんお礼の返事は出しました」

エプロン作家は冷蔵庫の上から

私「写真入りの紙面に、エプロン作家登場と称されたのです。記事は下の子をおんぶして立ったまま書いていたことも紹介されたんです。ほんとはステレオの上に原稿用紙を広げていたのですが、雑誌社からのインタビューで〝三宅さんは冷蔵庫の上で書くそうですね〟って記事に書かれ、それが伝説になってしまって」

久美「受賞された『根雪』というは、どういうお話ですか?」

私　「心の奥に潜む、根雪のような思いを母と娘に託した話で、NHKの放送記念日に1時間ドラマとして放映されました」

久美　「それでシナリオライターになられたのですね」

私　「いえいえ。プロになるのはまだ先。受賞は、おめでとう、パーンと花火が上がったようもの。プロの仕事は、執筆の発注が来て、書いたものがテレビなどの映像になって、成立するのです。コンクールはお祭りなんです」

久美　「それじゃどうやってプロになられたのですか？」

私　「悩みましたよ。受賞したものの、どうしたらプロになれるだろう……子供たちにママはお勉強だからと書き物してきて、どうにかして一本立ちしたいと必死でした」

プロへの道のり

私　「ある時、石森先生が勉強会で、だれかテレビマンガを書かないかってお声がかかったの。先生は忙しいので仕事を振って下さったのです。ハイと、手をあげたのは私。ほかの人は黙っていました。それがプロへの、始めの一歩になりました」

久美　「テレビマンガっていうと、どういう……」

私　「当時はモノクロで月曜から金曜までのお昼、5分間の放送『いたずら天使チッポちゃん』というアニメでした。なぜ私が手を上げたかというと、以前、落語を書いて入選したのを桂米丸さんが演じて下さったことがあって。あるプロデューサーから、お笑いを研究してみたらと言われていたのです。マンガと聞いてアンテナにピンときたって訳。プロへの一歩と同時に主婦を再開することになります」

久美「主婦を再開って、どういうことですか？」

主婦はつらいよ　ながら族

私「6年いたサザエさん暮らしが終了したんです。妹は嫁いでいて、弟がお嫁さんを迎える時に出る約束でしたから。実家から10分くらいの所に家を見つけ、主婦として再スタートしたの。もうこれが大変で。それまで母任せだった家事の全てをする訳訳です。長女は小学校。次女の幼稚園の送り迎え。お弁当作り。掃除。食事の支度。冷凍食品も電子レンジもない時代。洗濯機は二層式。毎日、食材の買い物。すでにアニメの仕事を始めていたので、制作会社から、書けましたかと催促の電話がくるし」

久美「わぁ、大変でしたね。どういうふうになさったんですか？」

私「ながら族です。洗濯機を回している間にセリフを書き。掃除をしながら考えて、煮物をしながらまた書く。原稿用紙に向かうとパッと頭を切り替えるクセがつきました。机はこたつの上置き。子どもたちは宿題。主人が新聞を読む端っこで書いて。間に合わない時は原稿用紙とエンピツを持って電車の中で書いたりして。ＰＴＡや学級参観日にもいきました。役員もやりましたよ」

久美「そんなに忙しいのに、よくそこまで」

お喋りが苦手で話し方教室へ

私「実は、私の最大の悩みは、お喋りが苦手なこと。今は普通に喋っていますけど」

久美「えっ、ほんとですか」

私「話し方教室に通ったくらい。私の母と妹は話し上手でどこにいっても話がはずんで周りを楽しくするんです。私は話を聞いている方が好き。道で誰かにお会いしても、いいお天気ですね、と言って後が続かなくて。数人集まると何を話していいか分からず、黙ったままになってしまうの」

久美「わたしもです。花屋でもお客さんとうまく話せなくて」

私「それで市民講座の話し方講座にいったわけ。受講して得たことは、喋れないなら聞き上手になればいい。人それぞれ個性だから自然体でいいのだってことでした。それで近所の奥さんと立ち話をするようになると、小学生の娘たちが〝ママ、お喋りできたね〟って言ってくれるの。80になっても喋り下手は変わりません。努力して喋るようにしています」

久美「わたしも聞き上手になるようにします。それで、お仕事と家庭の両立をどういう心がまえでやっていらしたんですか?」

仕事と家庭の両立

私「仕事を始める時、主人に言われたのです。子どもをカギっ子にするなと。私は家庭と仕事を両立しようと決めていました。仕事がうまくいかない時に子どもの病気を理由にしない、家事や食事の支度はきちんとしようと。でも時間がない時に仕事が忙しくてと言おうものなら、主人からそんならやめたらと言われ、子どもたちには仕事のせいにしないでととどめをさされたりしましたよ」

久美「厳しいですね」

私「でも主人も子どもたちも、私を応援して支えてくれました。私は主婦から好きでシナリオを始めたので、家族に負担をかけたくなかったんです。だから家事もしっかりやりました。やっとたどり着いたシナリオを続ける道ですもの」

母と娘・母性とは何か

久美「お話きいていて、わたしも挑戦したくなったんですけど……。実は、私、母が厳しくて褒められたことがなく、何をやっても駄目だと思ってしまうのです」

私「今、お母様は?」

久美「亡くなりました。5年前に。でも今も〝そんなことしてはダメ〟と母の声が聞こえるようで、おじけずいてしまって……」

私「母親って、子どものため、子どもの幸せのためと言いながら、親自身の安心のためもあるんです。私は10代の頃は母に批判的でした。母親としての理想像と違うし。結婚も強いられたようで。私が仕事してからはよくサポートしてくれましたが。私は母性ってどういうものか考えるようになって、物を書く上でのテーマを母性のあり方としているのです」

久美「母性のあり方……」

私「母性という観点から見ると世の中、いわゆる母物の話や映画、演劇が実にたくさんあるんですよ。母親との関係を抱えている人も多いです。お母様が厳しかったのは、ご自分も厳しく育てられて自信がなかった。それで久美さんに厳しく当たった。自信を持たせようとして。お母様からの応援だったのかも」

久美「えっ、母からの応援……」

私「そう考えてみたらどうかしら」

久美は考えている。ややあって明るい表情になって、

久美「……そうかもしれません。わたしがすぐ挫けるのを歯がゆいと言っていました。フラワーアレンジメントやってみます。才能ないかもしれませんが……」

私　「ほらまた、続けることで自信がついてくるんですよ」
久美「はい。やってみます。ありがとうございました」

アンテナ術

人生街道へチャレンジ

何かを始める時に迷いは付き物。諦めてしまうと悔いが残ります。やれるところまでやってみる。やったという実感が自信にも支えにもなります。30代はこれから人生へ踏み出す時、迷わずチャレンジを。

魂の声を聴く

誰かに助言を求めたり、背中を押してもらうことを当てにしない。真のパワーは魂から湧き上がってきます。人に相談すると、大体反対するものです。無理だ、100万人に1人くらいしか成功しないなどと。私がシナリオライターになってから、母が私に言いました。大学にいかせてやればよかったねと。私の何か書きたいという気持ちは魂の声だったのです。その声に従ってひたすらやってきたのです。

家族の絆と支え

書く仕事は家で出来るのですが、打ち合わせの都合などで夜に出かけることもあります。そういう時は母が来てサポートしてくれました。主人や子どもたちも協力してくれました。岡山育ちで新鮮でおいしいものが好きな主人に、子どもたちのお弁当にも精一杯気を配りましたが。時にはママのおかずはワンパターンと突っ込まれました。学校まで子どもの忘れ物を届けに自転車を飛ばしたこともあります。

PTAは社会勉強

子どもが小学生の頃、役員を2度して副会長もしました。総会の議事進行の仕方など、先輩のお母さんを見習っていい勉強になりました。その時に身につけた司会の仕方は講座や講演をする時に役立ちました。PTAの出来事などを『あばれはっちゃく』の脚本に活かすことになります。無駄になるものはありません。

※執筆作品

『いたずら天使チッポちゃん』、『樫の木モック』、『新造人間キャシャーン』、『魔女っ子チックル』、『ケンちゃん』シリーズ、『てんとう虫の歌』、『けろっこデメタン』、『がんばれ！ロボコン』、『タイムパトロール隊オタスケマン』、『新みつばちマーヤの冒険』、『夫婦学校』、『愛嬌女房』

第四ハードル　40代
作家活動邁進

問｜40代にしておくことはありますか
　｜コンクールに入選するコツはありますか

登場人物　山川45歳
　　　　　千代40歳

第８回城戸賞にて

50代の頃の父のスケッチ

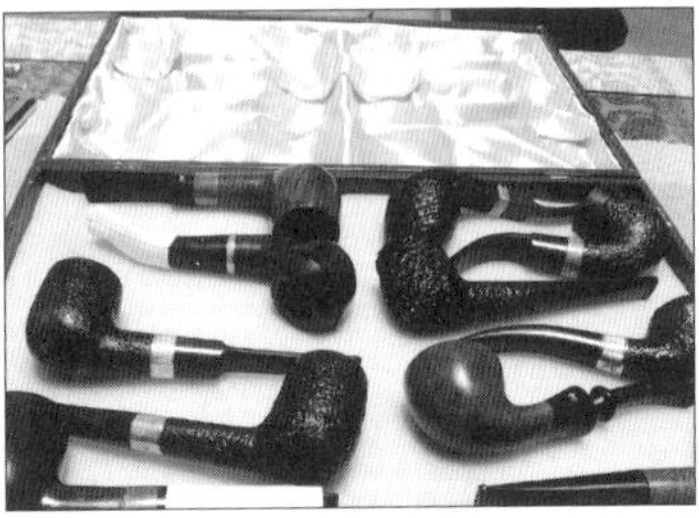

父の遺品 パイプの一部

ファミリーレストランにて

隅田川が見えるファミレス。紺地の着物に染め帯の私、入っていく。

窓際のボックス席から山川が手を上げる。

山川「先生、ここ、こっち。場所わかりました？」

私「少し迷って。隅田川、久しぶりに来ました。改めてお久しぶり。2年ぶりかしら」

山川「どうもごぶさたしてまして」

私「こちらこそ、お休みの日にお時間とらせてすみません」

ウエイトレスを呼んで、私はカフェラテを頼む。

私「コンクールの最終に残ったんですって？　よかったわ」

山川「いい年してシナリオにとりつかれてますよ。若いうちから映画が好きで、ふとシナリオの通信講座受けてみたらもっとやりたくなって、夜の先生の講座にいったたって訳ですよ。自分の作品を面白いって言ってもらって、嬉しかったです」

私「独特の感性が面白くて。アイディア倒れになっているのが惜しいなと思って」

山川「それなんです。シナリオ仲間にも、詰めが甘いって言われて。講座で一緒だった大学生と外資系のＯＬの３人で時々、連絡とっているんですよ」

カフェラテが運ばれてくる。

私　「シナリオは観る人がいるということを忘れて、自分の気持ちで書いていくからじゃないかしら。視聴者目線がないと独りよがりになるから……」

山川「つい夢中になっちゃって。そこですよね。……あ、先生。今度、自分史を出されるんですって」

私　「ええ。集大成としてシナリオや小説、エッセイまで載せようと欲張っているの」

山川「いいですね、読んでみたいですよ」

私　「自分史の方は一問一答形式で書いていくので、質問をして頂きたいと思って」

山川「先生の役に立つなんて、光栄だなぁ」

私　「私からもお訊ねしていいかしら。今、お仕事は？」

山川「印刷会社。神田の方の。パンフレットやチラシなんか扱ってる事務部門です。かみさんは、『7年目の浮気』って映画、マリリン・モンローの。浮気じゃないけど7年目に、沖縄に帰えっちゃって。おふくろさんが倒れたっていうんで。もう2年たちます」

私　「じゃ、今、おひとりで」

山川「それが、妹が子連れで転がりこんできて。もともと2階を貸すように作ってあったんで、住まわせてくれって。シングルマザーってやつですよ。あとで挨拶に来ますんで。

私　「……それで、何を聞いてもいいんですか」

山川　「お答え出来るかぎりは」

城戸《きど》賞・かざぐるま

私　「先生は若いうちから投稿しちゃ採用されて。プロになったのもコンクールに佳作と本入選と2度。それから城戸賞。城戸賞は先生が45歳の時。それまでの最年長ですよね。どうして城戸賞を書こうと思ったのですか。もうテレビで活躍してたのに」

山川　「投稿は外れたこともありますよ。城戸賞は応募するまで何年もかかりました。テレビは15年くらいやってきたけど映画は1本もなくて。映画の賞といえば城戸賞でしょう。なんとか取りたいと思って。映画は難しかった」

私　「難しいとは、どういう風にですか?」

山川　「先ず、自分が書いたシナリオの映画を、お金払って観にいくかって考えたのです。私のテーマは主婦の自立。主婦が仕事を持てば自立といえるかと」

私　「かざぐるまの女達っていうんですよね」

山川　「第八回の城戸賞。入選なしの準入選3人の1人に入りました。書くために秩父の奥まで取材にいきました、山を切り開いた所に何万という水子地蔵が階段状に並んでいて、全部にかざぐるまが備えてあってね。すごい壮観で感動しました。それ以来、かざぐるまは、私のテーマになったんです」

山川　「テーマというと、どうことです？」

私　「女はね、親や夫や子どものために命を削って風を送っているのです。でも、自分のために風を送って自分らしく生きてもいいのではないかと。それがテーマ」

山川　「城戸賞は映画になったんですか？」

私　「以前は映画化されたけど、テレビ全盛期になってから、授賞式だけでした。でもいいことがあったんです。式典の後のパーティで、野村芳太郎監督から、遊びにいらっしゃいと、気さくに声を掛けて頂いたの」

山川　「え、あの『砂の器』の監督の？」

私　「そう。で、私はのこのこと霧《きり》プロを訪ねていったのです。マンションのこじんまりした事務所で、スタッフの方も温かく迎えてくださって。監督から、手伝ってもらいたいと言って、一緒にビデオを見たんです。養護施設に預けられた幼い姉と弟が親の離婚で別々の施設に引き離されるドキュメントで、これを話にしてみてくださいというのです。私はひらめくものがあって、やりますと言いました」

山川　「へぇぇ。すごいことですね」

私　「養護施設に心当たりがあったんです。施設に何度か取材にいって、話のプロットの打ち合わせに、監督は和菓子がお好きでお土産に持参したりして。監督を囲む親睦会があって、集まる時に私も加えてもらいました。野村組の撮影の川又昂さん、美術の森田郷平さんの大御所もいました。監督が、映画の『危険な女たち』を撮っていた頃です」

山川「それ、凄い顔ぶれですよね。それで、書いたのはどうなったのですか？」

私「苦心してやっと『受難』というタイトルでシナリオを書きました。監督がテレビ局と折衝されていたのだけれど、映像化にはなりませんでした。それから何年かして監督は逝去されて。葬儀がとても寒い日だったのを覚えています。監督は筆まめな方で、よく葉書を下さいました。大事にとってあります」

あばれはっちゃく・子どもドラマ

山川「その頃、『あばれはっちゃく』も書いていましたね」

『あばれはっちゃく』は山中恒原作の児童小説で、１９７９年～１９８５年に放映された。主人公の桜間長太郎役は五代にわたって演じられた。

私「うちの娘たちが、アニメじゃないケンちゃんみたいなお話も書いてというので、石森先生に相談して、国際放映という制作会社で『ケンちゃん』シリーズを書かせてもらったのです。あばれはっちゃくも国際放映です。ケンちゃんの杉山プロデューサーから、あなたはお母さんなのだから、その視点で書いたらどうですかって。そうか、と思って私の作風のスタンスは変わったと思います」

山川「あばれはっちゃくは、元気な暴れん坊という意味ですよね」

私「テレビにする時に、子どもの正義感と父と子のぶつかり合いに父親の復権を描くことを主眼としたんです。子どものパワーと父親の復活を込めて。ライター5人のうち、私だけが主婦なので、お母さんを主とした話を書きました。母親役の久里千春さんとは年が近く、娘さんとうちの子が同じ学校で。まさにPTA仲間でした」

山川「あれは30分なのに中身が濃かったですよね。書く上で苦心したことは？」

私「大変でした。レギュラーを全員登場させ、主役の長太郎を危機に陥らせ、父ちゃんの決めセリフ、〝てめぇのバカさ加減にゃ父ちゃん情けなくて涙でてくら〟を効果的に言わせ。はっちゃくを逆立ちさせて〝ヒラメイタ〟と言わせなくてはならない。毎回何か面白いアイディアとテーマも必要で、考えるのがひと苦労でした。日常生活や子育て、家計のやりくり、隣人戦争、夫婦、PTAのあれこれを題材にしました。子どもドラマは、その時代を表すホームドラマなのです。でもね、テレビ朝日で放映した最初は、柄《がら》が悪い、と評判が悪かったんです。私たちはいい物を作っているのだと自負していたので、だんだん評価されていった時、スタッフと喜び合いました」

山川が出入口の方を見て、手を上げる。

山川「あ、来た。おーい、こっち」

目鼻立ちのハッキリした大柄白いパンツスーツの女性が近づいてくる。

山川「妹です。こちら三宅先生」

千代「(一礼して)千代です。兄がお世話なりまして、ありがとうございます」

私「いえ、大したことしていませんで」

オーダーを取りにくるウエイトレスに。

千代「アイスコーヒー(と注文する)。先生。兄にバシッと言ってください」

山川「なんだよ。いきなり」

千代「年がら年じゅうパソコンとにらめっこばかりして。いい加減諦めたらどうかって。だから女房に逃げられたりするんです」

山川「郷《くに》に帰りたいって言うから、帰らせてやったんだ」

千代「一緒にいけばよかったのに」

山川「あんな1年中、天井がパーンと開いてるような所は、性に合わないんだ。活字見てる方が落ち着くの」

千代「陽気なところがいいって気にいってたんですよ。パッチリ美人で(と笑う)」

山川「お前も髪結いやってるから、亭主に置いていかれるんだ」

運ばれてきたアイスコーヒーを一口飲んで、

千代「髪結いじゃないっての。(私に向かって)メークアップアーティストやってます」

山川　「同じようなものだろ」
千代　「化粧品会社の専属で、雑誌のモデルさんのメイク担当してます。兄には早く芥川賞でも獲ってもらいたいです」
山川　「それは小説の、もうこれだから……」
私は似た者同士を微笑ましく見て笑ってしまう。
私　「お子さんがいらっしゃるそうですけど」
千代　「ええ。女の子。もう高校1年になるんです」
山川　「それが親に似ないよく出来た子で、バレーボールの選手で、バイトもしっかりやっているんですよ」
千代　「半面教師っていうのよ」
山川　「自分で言ってりゃ世話ねぇや」
千代　「先生。(改まって) 今日はぜひお聞きしたくて……押しかけてきました」
山川　「(も改まって) ついでといっちゃ厚かましいんですが、聞いてやってください」
私　「どういうことかしら」
千代　「わたし、40の大台に乗ってしまいまして。これから歳をとっていくばかりだと思ったらがっくりして。これからどうしたらいいかと……」
真剣な眼差《まなざ》しで向き直る。

千代「最近若い子が出てきて、メイクもうまいんです。わたしが付いてる先生はテレビや雑誌にも出て活躍してるし……焦ってしまって自信もなくなりそうで……」

私「わかります。私も40になった時、同じ気持ちになりました」

プロの仕事・なぜ書くのか

千代「どういうことですか」

私「あるカメラマンが言っていたの。プロの仕事は常にヒットを出して当たり前、時にはホームランを飛ばしてこそプロと言えるのだと」

山川「それは言えるなぁ」

千代「だけど、難しいことですよね」

私「ええ。ライターの仕事も常にヒットを求められるのです。この前の話よかったよと言われたら、嬉しいけど、次はそれ以上に面白いことを要求されている訳。だから常にアイディアを探すこと、発想を練ることに追われていて、のんびりしている暇がない。私は自他共にエプロン作家だから、家庭のこともこなさなくちゃならない。仕事の締め切りはある。時々パニック状態になったり」

山川「わぁ大変ですねぇ」

千代「どういうふうに、やってこられたんですか」

私　「自分でも考えました。こんな苦労してなぜ書くのだろうか。自立のため？　お金を稼ぐため……自分を問い詰めて考えました。私はなぜ書きたいのだろうと」

山川と千代はじっと聞いている。

私　「10代の頃から書くことに憧れていたのは、自己表現。自分がここに生きているという表現をしたかったからだと気付いたんです。歌える人は歌うでしょう。踊れる人は踊るでしょう。私は書くことで自分らしくいられるんです。それで、こんな言葉をつぶやいたのです。めげるな逃げるな比べるな」

山川「ああ、その言葉、先生から聞いたことありましたね」

千代「どういう意味なんですか」

私　「自分への励ましです。諦めるな。人と比べて落ち込むなっていう」

千代「……（口の中で言ってみる）めげるな逃げるな比べるな……」

エプロン作家奮戦記を出す

私　「振り返ってみると、40代はいろんなことにトライできた時代でした。もう小娘ではない一人前の女性として扱われるのです。仕事を発展させて新たことに仕掛けていくといいと思います」

千代「仕掛ける？　どういうことでしょうか」

私　「私の場合、初チャレンジで城戸賞に応募しました。石森先生から、ドキュメントを書かないかという仕事を頂いて、ベトナムの少女のノンフィクションを1ヵ月取材して1ヵ月で書き上げました。『難民少女チャウの出発《たびだち》』という本です。ノンフィクションは初めてでしたが、自信がつきました。それから、初めて自分の本を出したのもこの頃でした」

山川　「これですよね。『エプロン作家奮戦記』。絶版なのでネットで見つけたんです」

と本を取り出して、千代に見せる。千代は「へぇ」と手に取ってみる。

エプロン作家奮戦記（三恵書房）１９７９（昭和54）年刊。

山川　「先生が初めて入選したこととか、面白いんだ。表紙は娘さんが描いたんですよね」

私　「その本の出版は自分で仕掛けたんです。私なんかに出版の依頼は来ない。ならば自分で本を出そうって考えて。その頃、ラジオの『ニューモラルトゥユー』という番組の構成を書いていたので、物書きの大先輩に、本を出したいのですがって相談してみたら、すぐに出版社を紹介して下さったのです。高校3年の長女が面白い絵を描くので、親子コンビで本が出せました。それが仕掛けた故の結果でした」

千代　「（深くうなづいて）この本、読ませていただきます。貸してね」

山川　「ああ、いいよ（と本を手渡す）」

千代、私の姿をまじまじと見て、

千代「さっき先生がお着物なのを見て、あっと思ったのです。作家の先生だから、やはり着物なんだなって」
私「いえいえ。普段は洋服です。1日中エプロンを掛けていて。今日は天気もいいし、着物日和《ひより》だと思って。自己流なので着付けもぐずぐずで。着物が好きというだけ」
千代「自然な感じでいいです。お似合いよね」
山川「うん。女性の着物姿っていいよね。……で、いろいろお話聞いていると、先生の40代は活躍の年でしたね」

娘の進学・板ばさみ

私「人生予期しないことがあります。長女の大学進学でひと騒動になってしまって」
山川「絵を描いた娘さんですか。運動が好きだったとか」
私「ええ。陸上の短距離。スプリンターを目指していました。それで、体育大にいきたいというのですが、父親が猛反対。女の子が体育大なんかいって、体操の先生にでもなろうってのか。大学へいくなら家政科へいけと。娘は落ち込んで……」
千代「それでどうしたのですか？」
私「母は強し、です」
山川「は？　母、ですか」

私　「母の出番です。体育大にいかせました。父親は娘というものに家庭的であってほしいという理想があるのです。でも娘には娘の人生があります。私も大学いきを反対されて洋裁学校へいかされましたけど。私は自分で納得していくと決めたのです。娘は中学高校と陸上部一筋で、走ることを極めたいと言っていました。体育大へいくこと以外考えられなかったのです。受験して、総合大学と女子体育大に合格して、東京女子体育大に進みました」

千代　「お父さんはどうなさったんですか?」

私　「諦めたのか何もいいませんでした。でも、不満だったと思いますよ。体育大は勉強より、走ることが主眼ですからね、練習で毎日帰りは遅いし、春も夏も冬も合宿にいっていて家にはいないんです。女の子が家の事をやらないでいいのかって、私に言っていました」

千代　「娘さんのことが心配だったのでしょうね」

私　「長女は大学を出てから就職して結婚。3人の女の子の母になりました。もう50も半ば過ぎになっていますが、市民マラソンや地域の駅伝に出たり、ホノルルマラソンも完走して、今現在も、相変わらず走っています」

山川　「母は強しが、正解だったんですね。さすがだな」

私　「でも主人に言われました。お前は子どもの側にばかり立っていると。つまり夫婦としては夫に協調しない可愛くない妻な訳です。申し訳なかったと思っています」

千代　「……わかります。母と妻の板ばさみ。つらいことでしたね」

父の死去

私　「主人の話をしていたら、父のことを思いだしました。聞いて頂けるかしら」

千代　「ぜひ聞かせてください」

私　「今思い出しても、父があっという間に亡くなってショックでした。胸が苦しいと自分で歩いて病院にいってそのまま3日後に、短気な父らしい旅立ちでした。父、定吉《さだきち》は、明治41年生まれ。機械工具会社に丁稚奉公から独立して。戦前・戦中・戦後を我が道を貫いた人でした。いろんなことを知っていて、音楽はクラシックから、ジャズ、レイチャールズ、浪花節の広沢虎造、じょんがら節までのレコードを持っていたくらい。私がロックンロールを聞いたりお能を習ったりするのは父に似ているかもしれません」

山川　「ユニークなお人だったようですね」

私　「そうね。戦災で家も工場を失ったあと、機械工具の仕事から手を引いてしまい、雑貨や洋品などいろんな商売をして、最終的には工業用インクを開発しました。それも譲ってしまって、東京オリンピックを機に郊外に越してからは、町内会を立ち上げて。思いついたことはやる人でした」

千代「先生のそういうところもお父さん似でしょう」

私「ええ。私も思いついたらやってみるほうです。親の血って引き継ぐんですね。私は弟と妹がいるのですが、弟は父によく似て凝り性で、一つのことをやり遂げるたちです。折り紙の鶴。あれを1センチくらいの鶴を何羽もつなげて折ったりするの。妹も正義感が強く物事ハッキリ言うところは父似です」

山川「へええ」

私「母と私は、父にハクライってあだ名をつけていたんです。うちのハクライはまた何か買い込んできたよって」

山川「ハハーン。舶来品が好きってことですかね」

私「そうなの。外国製は技術の歴史と基盤があるのだと。父は技術屋でしたから。父は収集が好きで、人は死して名を残すといいますけど。父は死してハクライ残す。ほんとに売り切れないほどパイプ、カメラ、時計、ライターなどがあって、写真に撮ってお きました」

山川「それはすごいなぁ。その写真見せて頂きたいです。パイプ、好きなんですよ」

千代は身づくろいを始め、真顔になって私を見る。

千代「先生の着物を見て、気がついたんです。着物のモデルさんのメイクをすることがあるので、着物に合うメイクやヘアーや着付けも覚えます。若い子に負けないよう自分の

山川　活躍の場をもとうと。わたしも仕掛けていきます」
千代「やる気が出てきたじゃないか」
山川「お陰様で。ここ、わたし持つから、兄さん、先生に何かご馳走しなさいね。先生。これで失礼させていただきます。ありがとうございました」
私「ご活躍、楽しみにしています。がんばってください」
千代は深く一礼してレシートを持って帰っていく。
私「魅力的な方ね。きっといいご縁がありますよ」
山川「だといいんですがね、親父たち、あいつのこと心配してたから」
私「山川さん、奥さんのこと心配じゃないんですか？」
山川「それが……おふくろさん、もうあぶないらしくて。そうなったら、あいつも独りになっちゃうんで、こっちに呼んでやろうかと……」
私「それがいいわ。夫婦は二世の契りって、縁があったのですもの、繋いでこそ夫婦ですから」
山川「そうだ。先生に聞きたいことあった。コンクールに入選するコツ。それを聞かなくちゃ」
私「ひとことじゃ言えないけど」
山川「じゃ、うまいものご馳走しますから。そこでじっくりと」
山川と私は席を立って出ていく。

アンテナ術

コンクールに入選するには

私は投稿が好きで10代の頃から、雑誌に応募してきました。投稿はすべての人に公平に開かれた窓であり発表の場であります。キャリアなど関係なく、私も何度もボツになりました。コツがあるとするなら、話題性、独自な視点、言いたいことが明確であること。採用されて掲載された時、手直しが入ります。雑誌社や新聞社の編集方針に合わせるためです

童話のコンクールに6回応募して入選し、プロになった人もいます。その一方、初めて応募して大賞を獲る人もいます。私も初めての応募で佳作に入りました。それはどういうことかというと、満を持したように花が開いたのです。入選はゴールですが、新たにスタート地点でもあります。プロを目指すならここからが勝負です。

私は事前に人に見てもらうことはしません。見て見てと求める人がいますが、他者の意見に振り回されます。自分にはこれしかないという突き詰めた思いが作品に力を

与えます。時流に関係なく自分の拘《こだわ》りを作品にこめることです。

仕掛ける

40代は気力体力がある時です、母がよく言っていました。忙しい時こそ、いろんなことが出来ると。母は人を使って洋品店をやりながら、習字、活け花、盆景を習いにいっていました。私も締め切りのある中で、講座をやり、ママ友とあちこち出かけていました。それはエネルギーとなって蓄積されます。

子どもの進路の選択

子どもの進路に、親の側は、子どもの将来や家の経済の事情などから判断します。よく聞くのは、親の意向で進学したが、自分のいきたい方向と違うために苦悩したと。親は子のためだと言いつつ、親の希望だったりします。言いなりになることではありませんが、子どもの気持ちを考慮してほしいと思います。子自身の人生なのですから。

めげるな逃げるな比べるな

書けない苦しみに追い込まれてピンチになった時に自分に呟いた言葉です。めげるは砕《くだ》ける。逃げるは書くことから逃げ出す。比べるは、他者を羨ましく妬ましく思って落ち込むこと。これが一番のネックです。人と比べても仕方がない。比べるのは昨日の自分。書くことが自分の魂の表現だと自覚してから、私はブレなくなりました。明日に向けて意欲を燃やすことが、パワーを生み出します。

※執筆作品

『あばれはっちゃく』シリーズ、『キャプテン翼』、『ぼくは叔父さん』(郷ひろみ主演)、『ママはライバル』、『中学生日記』、『ナッキーはつむじ風』、『ロボット110番』、『刑事犬カール』、城戸賞『かざぐるまの女達』、『鬼子母の末裔』(フジテレビ)他、著書『エプロン作家奮戦記』、『難民少女チャウの出発《たびだち》』

第五ハードル　50代
逆転・復活・再生

問 | ピンチを乗り越えるには
折り返し点で準備することは

登場人物　紀江子70歳

紀江子※後列中央、筆者※前列中央

次女と著者

アクセサリー作品

PTA友達は長年の友

私はパソコンを開いたまま、ソファに寄りかかってうたた寝。

窓をトントンと叩く音がする。「ちょっと……もしもしィ」

と声がする。

ハッと起きる私。目の前に紀江子がいて私の顔を覗いている。

私「あっ……えっえっ。あらっいつ来たの」

紀江子「鍵もかけないで、白河夜船。物騒じゃない」

見ればテラスの窓が開いている。

私「2階のこんな窓から入らないわよ」

紀江子「それもそうだ」

紀江子は、黒いロング丈のワンピースの脚を出して長椅子に腰かける。

私「その服、昔からよく着てたわね」

紀江子「一番細く見えるから。それより、タバコない?」

私「ごめん。じゃぁ、コーヒー淹れよっか」

私が立とうとすると、

紀江子「あとでいい。陣中見舞いに来たのよ。なんか書いてるんでしょ」

私「自分史。えっ、なんで知ってるの」

紀江子、物色するように立ってリビングの中を歩きまわる。

紀江子「懐かしいな。時々、皆でここに集まったよね」

私「そうだった。子どもたちが1年生の時からの付き合いだったものね」

紀江子「担任の先生にさ、お母さんたちも何か子どもたちに見せてくださいって言われて、うちの班は劇やりましょうってことになってさ」

私「そうそう。久保田万太郎の、『おもちゃの裁判』という劇。9人で衣装とか考えて。1年生の時にやって、2年生では『夕鶴』みたいな劇をやったわね」

紀江子「なんか気が合ったのよね。小学校卒業してからもずっと同じグループでいろんな所へいったものだわ。ほら、ホテルのケーキバイキング。全てのケーキを制覇しなくちゃって食べた食べた。ダイエットそっちのけでさ」

私「後で胃がもたれたけどね。河口湖でサイクリングもした。9人で自転車借りて」

紀江子「みんな若かった。旦那も元気、親も元気でいい時代だったのよ」

私「PTAの運営委員の時、覚えている。国文学の先生に講師をお願いするので電話で交渉したじゃない。2人で電話口に、よろしくお願い致しますって頭下げて」

紀江子「純情だったね。まだ40前だったのよ」

私「写真あるわよ。河口湖いった時の」

私は書棚からアルバムを持ってきて見せる。

紀江子「ウヒャッ。みんな若いね」

紀江子と私は同年配。小学1年生で次女同士が同じクラスになった。母親たち9人のグループが親交を深めて時々集まった。昭和50年、1975年の頃。紀江子とは、子どもたちが成人後も交流が続いていた。

紀江子「ところで、自分史どこまでいったの」

私「50代まで来たところ。私ね50代ですごく落ち込んだことがあって辛かったの」

紀江子「ちらっと聞いた気がするけど、どういうことだったの」

人生のピンチはロックと英語と着物で

私「それまでやっていた番組が全部、終了してしまったのよ。アニメやドラマや連載の書き物など掛け持ちでやっていたのに。パタッと何もなくなってしまったの」

紀江子「つまり開店休業ってこと。仕事なくなったんだ」

私「そう。こんなこと初めてだった。最初は開放された気分で呑気にしていたの。プロデューサーからの電話も、次の打ち合わせもない。予定は真っ白。このまま世の中に忘れられていくんだって……焦った。落ち込んだ。何もする気になれなかった。映画も観たくない。仕事があるから映画や絵を観にいっていた。人に会うのも面倒……」

紀江子「パパや娘たちはどうしていたの？」

私「娘たちは社会人になっていてパパといってきますって会社にご出勤。私は猫と留守番。講師でカルチャー教室にいく以外は、家にいるだけ。それが1年以上……」

紀江子「そんな時があったなんて、想像つかない。どうやってそこを抜けられたの」

私「私を救ってくれたものが3つあったの。そのうちのひとつがロック」

紀江子「ロックってあのハードロックのこと？　あなたいくつよ？」

私「50にして、目覚めたのよ。毎日、娘たちの集めたレコードを1枚1枚聴いていったの。するとね。ロック系を聴いていると元気がじわじわ湧いてくるのよ。そう言ったら娘がCDを買って来てくれて。それが、ヴァン・ヘイレンだったの」

紀江子「凄いガンガンのロックでしょう」

私「そうよ。すっかり気にいって。ちょうど日本に彼らが来たのでコンサートにいったの。ドームだった。グアーンと会場が地響き。体中がしびれるようで、生きててよかった！と思ったの。世の中、こういうものがあるんだって。それからロック系を聴いていって、ボン・ジョヴィ、クイーンにはまったの」

紀江子「こりゃ本格的だ」

私　「自分の葬式は、ロックを葬送曲にしようと思ってるくらい」
紀江子「おやおや。3つのうちの次は何？」
私　「英語。イングリッシュよ」
紀江子「へぇえ。その訳は？」
私　「シナリオの恩師の石森先生から、ハリウッド見学ツアーに先生の教室の生徒さんがいくことになったから、私に引率してほしいって話なの。私は外国初めてだから尻込みしたんだけど、娘たちが背中押してくれて。ロスアンゼルスにいったわけ」
紀江子「あ、その時さ、あなたカメラ持っていかなかったのよね。外国に写真撮りにいくんじゃない、いって見て体験してくるんだって。さすが、と感心したのよ」
私　「そうだったんだけど、ロスは楽しくてね。後で写真をもらったら、私が実に嬉しそうな顔していたのよ。それで、次の時からカメラ持っていったわ」
紀江子「そりゃそう。旅は記録だもの。で英語はどうしたの？」
私　「カタコト英語が通じたのが嬉しくてね。口と頭の回るうちに勉強しようと思って英語スクールに通って、英検3級もゲット。私はイギリス英語が好きで本場にいってみたかった。それで54歳で、9日間語学留学というツアーに独りでロンドンにいったの」
紀江子「やるとなったらやる。そこがあなたの偉いところ」
私　「でも、パパに、その年で何考えているんだって言われた。男の人は心配症だから」

紀江子「うちのパパもそう。女のすることは危なっかしいと思うのよ」

私「この時も娘たちが後押ししてくれたの。ロンドンでは、ホームパーティーに招かれたり、いい経験が出来た。行動あるのみだって思ったわ」

紀江子「女だって大いにやるべきよ。さて、最後は何?」

私「着物。中年太りで洋服が合わなくなったの。もう仕事はないし、洋服買うのも無駄だ。そうだ、着物だって。若い時から着物が好きで、母が用意してくれていたし。色半襟にしたり帯を自分で作って工夫すると楽しくて、それで着るようになったの」

紀江子「それで、ロックと英語と着物の3つてわけだ。なるほどね」

私「そうしていくうちに、運が動きだしてきたの。人生捨てたものじゃない」

紀江子「なになにどういうこと?」

ちびまる子ちゃんで復活

私「テレビ関係者が使う喫茶店に何かの用でいった時に、ばったりアニメ制作会社のプロデューサーと再会したの。ご無沙汰してますって挨拶で終わったんだけど、その日、電話が来て〝今度、少女マンガの原作をテレビアニメにするので女性ライターだけに頼むことになった、三宅さんはどうですか?〟ていう話なの」

紀江子「それが『ちびまる子ちゃん』なのね。チャンスが来たね」

私　「ほんと。これで生き返ったわ。知り合いの女性ライターにも声かけて、スタートから3年くらい脚本書いたの。ちびまる子ちゃんは、ちょうどうちの娘たちの子ども時代だから、楽しかった。運は連動していくのね。『楽しいムーミン一家』『ママは小学四年生』などの仕事が来たの。ＮＨＫの『英語で遊ぼ』っていう番組は、アニメで英語の初歩を使っていく設定だったの」

紀江子「まさに、英語が活かせたってわけね」

私　「そうなの。もっとあるのよ。英語教材の会社が公募でストーリーを募集して、それを紙芝居にすることになったの。『ケンちゃんの宇宙冒険旅行』っていうの。ケンちゃんとアメリカの少女が宇宙ツアーの旅に出てキノコ星に不時着してしまうの。英会話をしつつお話を展開していく紙芝居。会話はカセットに録音してあるのよ」

紀江子「面白そう。どこかで演《や》ってくれればいいのにね」

私　「コーヒー淹れてくる。ちょっと待ってて」

娘たちの結婚と仕事の応援

キッチンから戻ってくると、紀江子はサイドボードに飾ってある写真の額を眺めていた。

紀江子「長女の泰恵《やすえ》さんの結婚式の写真ね。陸上部で活躍していたでしょ」

私　「お宅の娘さんたちはどうしているの？」

紀江子「それなりにやってる。そばにいたら何かしてやれるけどさ……」

私　もどかしそうにソファに座る。私は気持ちを切り替えて、

私　「うちの長女の就職も結婚も、あなたのお蔭だったのよ。井の頭公園のそばで喫茶店やってたでしょ」

紀江子「そう。友達に頼まれてしばらくやっていた。タウン誌から取材に来たりして」

私　「その女性記者が取材に来た日、私もいたのよ。うちの娘が出版系のバイトを探しているって話したら、その記者がうちの社で募集しているって紹介してくれて、業界新聞でバイトさせてもらえたのよ。その新聞社の社長が、なんと、長女と同じ陸上部の後輩の子のお父さんだったの」

紀江子「すごい偶然じゃない」

私　「でしょう。それで娘はバイトからその新聞社に正社員として就職。またまた長女が結婚したのは、桑原潔さん。彼は、その業界新聞の本社勤務だったの。たどっていけば、あなたにいきつくわけ」

紀江子「そんなことあるんだ。世の中、つながっているものね」

私　「今は、嫁ぎ先の逗子で暮らしていて、3人の娘の母親。逗子市の教育委員に推挙されて8年務めて、今は地元で子育て支援を立ち上げているの。もう58よ」

紀江子「そんなになるか。で、妹の淑恵《よしえ》ちゃんは。小学校の頃。うちに泊まりに来てくれたわ。

ベッドにうちのレイコと2人。子猫みたいに寝てたわ」

私　「子どもの頃は喘息があって心配だったけど、中高では陸上部に入って、大学は明治学院にいった。就職も自分で派遣会社を見つけてきてくれたの」

紀江子「アクセサリー作っていたんじゃない？　すごく手先が器用だったもの」

私　「そうなの。小さい頃から、お人形の洋服作ったりしていて。20歳くらいからビーズのアクセサリーを作るようになったのよ。その頃、30年前は、日本ではビーズの種類が少ないので、雑誌で調べてパリまで買い入れにいってきたのよ。これは本気でやる気だな。応援してやりたいって思ったの」

紀江子「それで、あなたもパリへ買い入れにいったんでしょ」

私　「それが大変だったのよ。ベルギーとパリへいくツアーだったの。ついでに仕入れしてきてって頼まれて。下町の問屋街のビーズの専門店へたどりついて、娘の注文をどっさり買い入れたの。そしたらパリの税関で、これは商売物かって咎《とが》められて、趣味で作る私物《しぶつ》ですって説明して。やっと了解してもらったのよ」

紀江子「母なればこそね。個展をやったのはその頃だった？」

子どものサポートは連携プレー

私　「いろいろ作っていたの。ネックレス、イヤリング、ブレスレット、ブローチ。作品たまったから個展をしたいって。自分で青山の場所を見つけてきたのよ」

紀江子「いい所だったわよ。隣りがバレエの衣装やグッズを売る店だったでしょ」

私「来てくれてありがとう。初めての個展、成功させたいから、案内のハガキ、私が出しまくったの。ＰＴＡの仲間、来てくれて嬉しかった。私は搬入や値段付け、店番と接客に5日間通って、作品の発送も手伝ったわ。数年後には三鷹や国立、銀座や鎌倉でも個展やって。ＣＡＭＹ《キャミィ》っていうブランド名もつけてがんばってる」

紀江子「最近はどんなのを作っているの」

私「イタリアへいったりして世界に通じるものを作ろうって試行錯誤。最近は文字ジュエリーを考案したの。見てやってくれる?」

次女の作品の文字デザインのペンダント、イヤリングをみせる。

紀江子「へええ。なかなか斬新《ざんしん》。いいじゃないの」

私「でもね。もう個展の時代じゃなくて、ネットで販売するのがメインだから、世の中にアピールするのは大変なのよ」

紀江子「そこの、ハガキみたいな、きれいなカードはなに?」

私「簡単に言えば占いカード。例えば、何か悩みを抱えていて31枚ある中からカードを1枚引くと、そこにメッセージが書いてあるの。その意味が不思議と悩みに的中する言葉だったりするの。カード・リーディングっていうのを研究して、鑑定もしているのよ。スピリチュアルなことに感性があるらしくて」
紀江子「あなたに似て、いろいろトライするのね」
私「でも世に出るって大変なこと。いろいろサポートしているんだけど」
紀江子「あなた、自分だって仕事して忙しいに、どうして子どものこと、そこまでするの」
私「よくそう言われるけど、無理にしているわけじゃないのよ。私は世に出るまで苦労したから、娘も世に出してやりたいと思うの。子どもの役に立つことなら、何でもしてやりたいの。長女が初産《ういざん》の時には、逗子の家に泊まりこんで、新生児の世話から洗濯に掃除。食事の支度まで一切やったのよ。大変だったのは、NHKの『さわやか3組』の脚本の執筆と重なったことだったの」
紀江子「重なったってどういうこと？」
『さわやか3組』はNHK教育テレビ番組の小学生向けの教育ドラマ。1987年4月8日から2009年3月11日まで放映されていた。毎年、東京近県の小学校を背景にした1年20話のドラマ。各学校で道徳教育の教材として上映された。私は第8期の1964年度。千葉県木更津市の畑沢《はたざわ》小学校が舞台。4月から放映なので1話を1月上旬に書かなくてはならない。
私「初孫は命名みなみ。前の年の12月29日に産まれたので、私は年明けに逗子の家にいって長女と孫が退院してくるのを待ったの、ワープロを持参して。お正月明けに脚本を書き上げてNHKへFAXで送信しなければならなかったの。それなので、赤ちゃんをお風呂に入れたりオムツかえたり、お祝いに来たお客さんの接待をしたり。その合間に書いていたの。ベビーを膝にのせて、あやしながらワープロ叩いたりして」

紀江子「さすがエプロン作家ね。よくやったものだわ」

私「それは私の母が、私のことをよく手助けしてくれたこともあるのよ」

紀江子「ああ、お母さん、お会いしたことある。小柄で元気があって、お話も楽しい方だったわ」

私「その頃、母は80歳くらい。私が仕事で忙しい時や、どうしても夜に家を空ける日は母が来てくれたの。母が私の家に来て、私が長女の家にいくというわけ。連携プレーね。母は元気でね。私が北海道へいく時には、母に来てもらっていたのよ」

紀江子「北海道って。何？　聞いてなかった。何しにいったの」

石狩野外劇で奇跡の出会い

私「また仕事がなくなった時のために、別の道を開拓しようと思っていたら北海道の石狩で野外劇の脚本を募集していたの」

紀江子「どうやってそういうところ嗅ぎつけるの？　不思議だわ」

私「公募専門の雑誌があってね、アンテナを張っていると、ここなら書けそうだというところに、ピンとくるのよ」

紀江子「それで応募したんだ」

私「ところがね、締め切りが迫っているので焦って、一部分を消去してしまったのよ。ワープロに、保存してないから真っ白。頭も真っ白。応募は諦めるよりないか。でも2日ある。まだ間に合う。震える手でなんとか書き上げてぎりぎりで投函したの」

紀江子「それがめでたく入選」

私「ではなく、佳作だったの。でも授賞式に来てくださいって電話があって。いきたいけど泊まりは無理ですって言ったら、日帰りの航空券を送ってくれたの。それで思いきって千歳空港まで飛んで、そこから列車で雪の北海道の石狩まで」

紀江子「はるばるいったわけだ。そこで何かが起こった」

私「ピンポン。凄い出会いがあったのよ。1996年に石狩町から石狩市に市政が施行される前年の11月。入選したのは地元の新聞記者の男性。立派な授賞式が行われたの。町長をはじめとして偉い方々がずらりと出席してね。そのあと会食になって座でくつろいだ時、ひとりの女性が近づいて来て名刺交換したの」

紀江子「いよいよ運命の足音が接近ね」

私「札幌でダンススクールをやっている方で、子どもたちにダンスを教えているので、いずれテレビドラマをやりたい。その時はよろしくって。私が子どもドラマを書いていることを経歴紹介で知っていたのね」

紀江子「で、どうなったのよ」

私「単に挨拶だと思って忘れていたの。そしたら翌年の3月、FAXが大量に送られてきたの。彼女から、札幌のテレビ局で番組枠を取りました。子どもドラマを制作したいので、力を貸してくださいって。もうびっくり」

紀江子「来たじゃない。新たなチャンス」

私「ずっと願っていたのよ。脚本は自分ひとりで書くものだけど、いつか誰か女性と組んで仕事をしてみたいと。心の中で願っていると、必ず叶うのよ。そして、行動すること。もし石狩野外劇に挑戦しなかったら、もしワープロを消した時、諦めていたら、もし授賞式にいかなかったら。彼女、大塚彩《さい》子さんと出会うことはなかったのよ」

紀江子「なるほどね。一歩動くことがツキを呼ぶのだわね」

私「彼女は私より10歳若くて、ダンスはダイナミック。3人の息子さんを育てあげて、ダンススタジオを運営して、テレビに手を広げて劇団『夢』を立ち上げたの。それは、地元の札幌に文化を発信する場を作って、夢を持つ若い人を育成したいという彼女の宿願だったの。パワフルで明朗快活、素敵な人だった」

紀江子「あなたといいコンビじゃない」

私「そう。馬があったわ。舞台のヒントを探しに2人で遠野まで取材にもいった。彼女の家に泊まらせてもらったりした。私は札幌と東京を行き来して、テレビドラマを4本、舞台の脚本を3本作ったの」

私　大塚彩子さんの企画で、『なまらキッズ』という子どもドラマを書いた。なまらとは、「凄い」とか「とても」という意味。北海道限定の放映だった。ミュージカルの舞台劇『風恋歌《ふうれんか》』は、北海道の開拓精神を踏まえて現代の女性が夢を実現しようと風の中を歩んでいく話。これは彼女と私に重なるテーマ。『風恋歌』は私が着けたタイトルだった。

「彼女は札幌で開催される、よさこいソーラン祭りの振り付けとアイディアに力を発揮して若い人を育て続けていたの。そんな彼女もガンに罹《かか》ってもがんばっていたのだけど、60代で惜しまれつつ亡くなってしまったの」

黙って聞いていた紀江子は、ふっと呟いた。

紀江子「……人には定まったものがあるのよ」

私は彼女のご主人が会社で倒れて亡くなったことを思いだした。

私「そうね。お宅のパパも、うちのパパも突然逝ってしまったものね」

紀江子「あなたはいい奥さんだったわよ。仕事もして家のこともちゃんとやってた。わたしは、助っ人で家にいないことが多かった」

私「助っ人？」

紀江子「わたしはさ、自分で何かするより、友達のイベントやスナックを手伝ったりするのが好き。喫茶店も臨時に頼まれてやっていたし……」

私　「それが紀江子さんらしいってことよ」
紀江子「まぁ、そう言われるとそうかもしれないけど」
私　「あ、コーヒー冷めちゃった。待ってて」
キッチンでお湯をかけて戻ってくると窓が開いたままカーテンが揺れていた。
私　「（身を乗り出し）紀江子さーん、また来てよね。タバコ用意しておくから」
返事はなく、青く霞んだ空に、タバコの煙のような薄い白い雲が浮かんでいた。娘の玲子さんから電話があった。彼女は、朝、外出着で、キッチンの椅子にもたれたまま動かなかったと。享年70歳。海外旅行が好き。お洒落で演劇グループに入って舞台に立ったこともあった。最後の年賀状に、今年は朗読劇の予定とあった。

アンテナ術

人生の真っ只中・がんばれ娘たち50代

人生百年時代。50代は折り返し点。私の娘2人はまさに50代真っ只中。長女も次女もありたい自分を模索中のようです。親は日々のことはサポーターできても、人生の方向は見守るしかありません。この時期はやりたいことをやってみる、真のアイデンティティを見極める時です。続けるもよし方向転換もよし。焦らずに時を待つ。がんばれ娘たち。そして50代のすべての方々。

思いついたらやり続ける

北海道で出会いとチャンスを得たのは、めげずにやり続けたからでした。諦めたり、断念するのは、いつでも出来ます。続けることが大事なのです。習い事、講演を聞きにいく。園芸。それぞれ極めていくのもこの時期です。

身体を整える

体調が崩れるのもこの時期です。更年期が重くなると気持ちも冴えなくなります。老後を生き生きと過ごすために、しっかり整えておきたいものです。体力があって気力が出るのです。水泳、ランニング、知人は卓球グループを楽しんでいます。

社会に貢献する

娘世代が結婚や出産を迎えます。出来るものなら、サポートします。仕事を持つ女性も多いので手助けは必要になります。社会への参加、ボランティア活動も求められています。今まで受けた恩返しに、私の経験が役に立つよう書く上で苦労したことなどを話しています。社会との繋がりを持つことも今後に備えておきたいものです。

※執筆作品

『ちびまる子ちゃん』、『楽しいムーミン一家』、『ママは小学四年生』、『少年アシベ』、『ポコニャン』、『ハーイあっこです』、『なまらキッズ』（宇宙人はラーメンが好き・謎の招待状・キラキラはＳＯＳ）、『星たちのダンス』、『こんな時日本語で』（語学教材ビデオ）他。舞台作品、カシオペア脚本賞『九戸の胡桃めぐり愛』、山形県児童劇佳作『よくばり牧場の羊たち』、『ながさきの男の子』（森下真理原作　日本演劇教育連盟準）、著書『お日柄もよくご愁傷様』（近代映画社）

第六ハードル　60代
還暦・結実期

問｜カルチャー教室はどういうものですか
自分史の書き方はありますか

登場人物　竹田正雄 65歳
　　　　　藤井君子 62歳

義父の三宅松男画

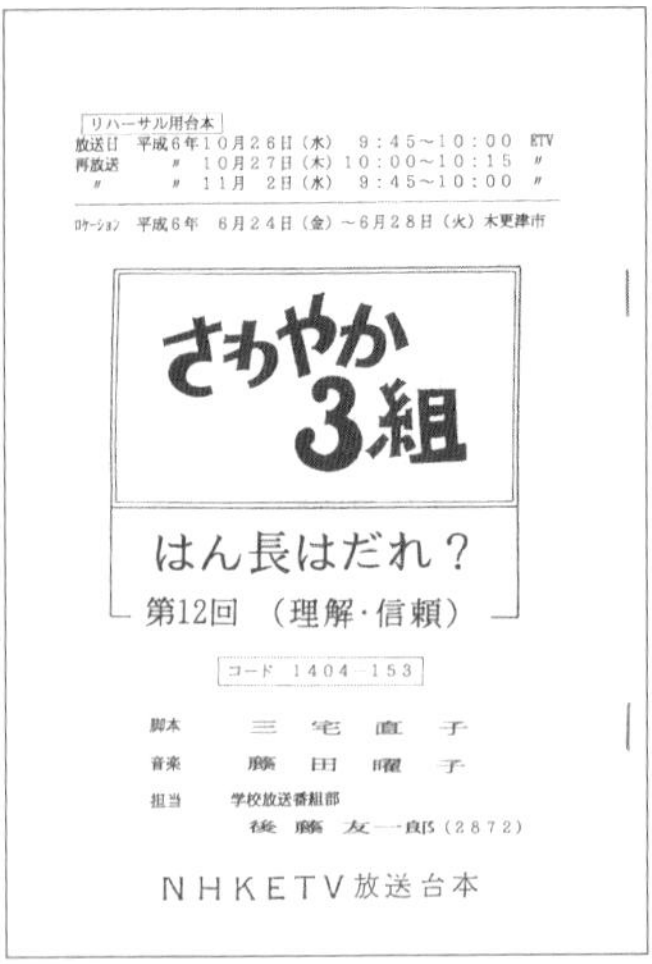

リハーサル用台本
放送日　平成6年10月26日（水）　9：45〜10：00　ETV
再放送　〃　10月27日（木）10：00〜10：15　〃
〃　〃　11月　2日（水）　9：45〜10：00　〃

ロケーション　平成6年　6月24日（金）〜6月28日（火）木更津市

さわやか3組

はん長はだれ？

第12回　（理解・信頼）

コード　1404－153

脚本　三宅直子
音楽　藤田曜子
担当　学校放送番組部
後藤友一郎（2872）

NHKETV放送台本

『さわやか３組』の台本

『風恋歌』のチラシ

カルチャー教室にて

「こんにちは」「こんにちは」と次々にやってくる8人の受講生。男性は2人。席は自然と決まっていて、コの字形のテーブルに着く。

私は黒板を背にした席。受講生は用意してきた作品のコピーを私と各自の前に置いていく。私の前には8人の作品のコピー原稿が積まれていく。

私「皆さま、こんにちは。今日もよろしくお願いします（と一礼）」

皆も一礼して教室が始まる。2時間。休憩なし。飲み物は各自で用意する。

私「では、順番に作品を発表して頂きましょう。竹田さんから。皆さん、竹田さんの作品をご用意ください」

皆は先ほど配られたコピーから竹田さんの作品を取り出して広げる。

竹田さんが自分の作品を声に出して読み始める。私と皆は作品に目を追いながら耳で聞いていく。読み終わると、私が気になったところを話していく。

私「不安な気持ちがよく現れていますね。場面の切り取り方が良かったです。会話を入れたり、改行すると読みやすくなります。タイトルの『車内にて』というのが平凡でもったいない。タイトルで印象が変わりますから」

こうして各自の発表が終わると、順番に作品に対して感想を言うのを教室のルールとしている。

私　「では、作品の感想をお願いします。藤井さん。竹田さんの作品をどう感じましたか。率直な感想をお話しください」

藤井「はい。竹田さんの作品はいつも、切り口が面白いです。でも作者の気持ちがあまり出てないような気がして。もっと自分に対してハッキリ表現してもいいんじゃないかと思うんですけど」

私　「竹田さん、その意見には、どう思われますか」

竹田「いやぁ、電車の中でわめきちらす人がいて、誰かが注意したら、またその人と口論になったんです。それを見ているだけの自分に腹が立って、どうしようかと思っている内に、駅に着いて2人は降りていったのですか。うまく表現できなくて……」

頭をかく竹田。ほかからも感想が出る。

「ほんとの自分の気持ちを書ききれていないと思います」

「作者は優しい人だと感じましたけど」

私　「いろいろご意見出ましたね。作者の内面を述べるだけでなく、その場で起きた状況を描写すると、読者にも様子がわかります。いやな奴だと思ったとか自分に腹が立ったなどと気持ちばかり書くと、言い訳の説明になってしまいますから」
竹田「あ、わかりました。自分の気持ちだけに拘《こだわ》っていました。状況を書くのですね」
こうして全員が感想を述べていると終わりの時間がくる。
私「では、これで終わります。次回の課題は、『わたしの拘り』400字3枚とします」
一同「ありがとうございました」
「難しそう」「何書こうかな」などとざわめいて解散となる。
藤井「お時間のある方、いつもの処に寄りますけど。先生、ご都合は」
私「時間あります。寄っていきます」
2時間、集中しているので疲れる。大抵は2次会でお茶にいくことになる。
藤井「あら、今日は皆さん都合悪くて竹田さんとわたしだけですけど。いいですか」
私「いいですよ。じゃいきましょうか」
竹田「はい」
3人で近くのコーヒー店にいく。

講師歴40年

私の講師歴は日経文化教室から始めて、よみうりカルチャーは町田からスタート。荻窪、蒲田、八王子、横浜教室等40年になる。北千住は現在開講中。

文章の取り組み・音読《おんどく》と推敲《すいこう》

私と藤井さんと竹田氏はコーヒー店に入る。それぞれオーダーが揃う。

私　「お疲れさまでした」

藤井「お疲れさまでした。終わったあと、こうやってお茶する時間が楽しみなんですよ。そのためにお教室にきているみたいで」

竹田「そんなこと言っていいんですか、先生」

私　「ええ。私もこれが楽しみですから。10年ほど前は男性が3人いらしていて2次会は駅前の居酒屋さんに10人くらいで陣取って、取りあえずビールで乾杯。おつまみなど分け合ってワイワイやっていたんですよ。用事で教室を休んでも、2次会だけに来る人もいたくらいでした」

藤井「楽しそう」

竹田「いやぁ、この文章実作教室に入ってまだ2ヵ月で、怖いところかと思っていたのですが。皆さん、和気あいあいで、それでいて、厳しく突っ込まれて」

藤井「さっきは、生意気なこと言ってしまって」

竹田「はっきり言って頂いて、良かったです。自分でも書き足りないと思っていたんで」

私　「ひとりずつ感想を言って頂くのはいいでしょう。文章はいろんな人に読んでもらうことで、共感を得るようになっていくんです」

藤井　「感想を言うって、３年前に入った時は戸惑いました。自分のこと棚にあげて、人様作品にどう言えばいいのか。そしたら先生が、いいところ、気になったところの、素朴な感想でいいって。それで気が楽になって」

私　「人の作品を読んで感想を言うのは、自分の勉強にもなりますでしょう」

竹田　「そうですね。きちんと読まないと感想言えませんから、それぞれの作品を一生懸命に読むようになりました」

私　「文章は一期一会《いちごいちえ》。１回読んで理解できるように書くことが大事なのです」

藤井　「耳で聞きながら読むのもいいですよね」

私　「目だけで読む黙読《もくどく》だと、読むのが早い人と遅い人がいますでしょう。声に出して音読《おんどく》すると、目で読んで耳で聴くので理解が深まるし、皆さんと一緒に味あうことが出来るんです。自分の作品を音読すると文の乱れが分かったりします」

竹田　「先生はどうやって文章の勉強をなされたんですか」

私　「文章もシナリオも独学でした。文の書き方の本や作家のエッセイ集など読みましたね。あとは、投稿をよくしました。短い中に要点を書かないと採用されませんから。同人誌に入りました。私は書くのに時間がかかるんです。何度も推敲《すいこう》するので、あっち直し、こっち直しして、今はパソコンで直しが楽ですが、手書きの頃は消しゴムだらけで。書いたものを何度も読んで手を入れること。推敲《すいこう》が力をつけます」

藤井「先生に指摘されたところを書き直すと文がひきたってくるんです。自分ではなかなか直せなくて。先生が手本となさるような作家はいますか」

私「向田邦子さんですね。シナリオも凄いけど、小説やエッセイも見事です。何度読んでもう〜んとなります。タイトルのつけ方もうまくて、『あ』というのもあるんですよ」

藤井「あたし、タイトル下手なので勉強しなくちゃ。竹田さん、この教室に入ったのは、何か目標があったんですか」

竹田「実は家内と娘に勧められまして。去年、65で定年退職しましてね。一年のんびりしていたら、時間を持て余すし、家でも邪魔物みたいになって」

藤井「(笑って)粗大ゴミ・濡れ落ち葉でしょう」

竹田「ま、そうです。家内がここの講座でコーラスと、こぎん刺しを習っていて、わたしに何かやればってしきりに言うんです。娘がパンフレットまでもらってきて」

私「カルチャー教室は男の方は少ないんですよ。いろいろな講座があるんですけど」

竹田「かねてから自分のことを記録したいと思っていたので、この教室で自分史も教えて頂けると聞いて、それで、ここだっと思って」

藤井「正解でしたよ。自分史書いて本を出した人もいますもの」

竹田「藤井さんは、どうしてこの教室に」

藤井「夢は小説家なんて……。ほんとは亭主とゴタゴタあってバツイチ。会社の経理と事務と走り使いをやりながら子ども2人育てて、気が付いたら60の還暦。自分の人生てなんだろう……。うつみたいになってね。そういう時は書くといいって言われて。それならちゃんと習おうと思って、カルチャー教室に飛び込んだんです。そしたら先生の教室のある日で。見学して、その日のうちにここ入りますって」

私「決断早くて、びっくりしました。あの頃の藤井さんは思い詰めた様子でしたね」

藤井「そうです。まさに暗黒時代でしたよ」

私「書いているうちに気持ちが整理されていって、皆さん、明るく元気になるんです。書くことで通じあった仲間は、特別な心の繋がりが生まれて、教室を離れたあとも連絡とりあったりして長く交流が続いています。書くことはその人の本音が出るからでしょう」

竹田「なるほど、わかるような気がします」

藤井「先生、今度はいつ文集出すんですか。そろそろ準備しておかないと」

竹田「文集って、なんですか」

私「文章の場は読む形にすることなので、皆さんの作品を文集にしているのです。合同で自費出版して、各自に10冊くらい。費用は人数で分けます」

藤井「『かざぐるま』に2度参加して、今でも取り出しては眺めています。文章だけでなく、

私　写真やイラストも自由に載せられるんですよ」
竹田「次回に持ってきてお見せしましょう」
竹田「ぜひお願いします」

これまで受講生の方々と文集を作ってきた。

『かざぐるま廻そ』。『灯台』1、2、3。『かざぐるま』第1期5号　第2期は4号まで。各文集に私も自作を載せて、責任もって編集・監修した。

自分史の書き方

竹田「ところで。そろそろ自分史に取り掛かろうと思うんですが、書き方があるのでしょうか。ぜひ伺いたいのですが」
私「色々あるんですよ。大きく分けて3つ。1つ目は自分と先祖の事を書くもの。2つ目は発表することを目的にして書くものです。これは、社長の一代記という個人史や企業史もの、事件に遭遇した体験記、怪我や病気の記録などです。3つ目は追悼記。身内や亡き人の人生を綴るものです。次回、自分史の書き方の資料をお見せしましょう」
竹田「ぜひお願いいいます」。

次に示すのがその資料となる。

自分史を考えている方に参考にして頂きたいです。

【自分史の書き方】

いつ　どこで　誰が

自分史は記録として残すものなので、事実を明記することが大事。

○いつ　時系列を正しく。時代は、明治　大正　昭和　平成　令和と　あるので必ず、西暦と並べて書く。１９４５年（昭和20）というように。

○どこで　地名を昔と現在では異なることが多い。村が町になり、合併して別の地名になっていたりする。現在の地名を確認すること。必ず、以前の地名と現在の地名を併記する。出身校の名前を確認する。男子校が共学になり、名前も変わることがある。

○人　正しい文字を確認しておく。旧仮名や昔の文字だったりする。沢が澤かもしれない。高も髙と書くことがある。

○親戚関係　単に伯父と叔父の区別。兄弟姉妹の区別。従兄と従妹、従兄弟の区別。自分史は家計の歴史でもあるので、きちんと明記する。

写真　手紙　日記　手記

事実を裏付けしたり証明するのに、資料を添える。
自分の手持ちの物、身内から提供してもらう。実家や郷里で探してみる。
図書館・ネットで調べる。郷土史家の書物などを参考にする。
年表作り
○自分の人生の年表と、同じ時代の出来事を対比すると、時の流れがよく分かる。
自分史の書き方の本。エンディングノートにも年表欄がある。
昭和史の本。ネットばかり頼らず文献や書物を手元に置くと参考になる。
書き方
○書きたいところ、書けるところから書いていく。年表に従わなくてもよい。
○時系列は、書いた物を後で整理して、順番にまとめていく。

私　「自分史を書くのは準備もあってかなり手間がかかるんですよ」
藤井「自分史で挫折する人もいますよね」
私　「そう。産まれたところから書き始めて、学童期までできて、くたびれてしまったという人いましたね。書きたいところ、書けるところから書いていっていいんです」
竹田「それを聞いて、自分も書けそうな気がしてきました」

私　「学童疎開の体験を書いた方いますよ。パソコンで打って自分でプリントアウトしたのをコピーして綴じ合わせ、表紙をつけて冊子になさったんです。それも今度お見せしましょう」

竹田「ぜひ見せて頂きたいです。とても刺激になりました」

藤井「やる気出てきたじゃありませんか。ところで、先生の還暦はどんなでしたか？」

私の還暦・孫と出版とラジオ

私　「うれしいことは初孫の、みなみの次に2人目の、はるかが産まれたこと。私と同じ丑年でした。2年後にもうひとり女の子、なぎさが産まれます。私は孫3人とも産後の世話をしにいきました。孫娘たちがどんな人生を送るのか、長生きして孫たちの人生を見ていきたいと思っているの」

藤井「長生きなさってください」

竹田「先生ならいけますよ」

私　「がんばります。もうひとつうれしいのは、本を出したことかしら。長年やってきたシナリオのあれこれをまとめたいと思っていたら、折よく筑摩書房の岡部優子さんのお力添えで『あなたも書けるシナリオ術』を出すことが出来たのです。それがさらにラジオに出るチャンスに繋がって」

竹田　「ラジオに、ですか？」

私　「ＴＢＳから電話があって、深夜放送の『雨あがり決死隊べしゃりプリン』に出て欲しいと。これは宮迫博之さんと蛍原徹さん２人の、人気トーク番組だったの」

藤井　「わぁすごい。でどんな話をしたんですか？」

私　「それがね。手紙文の書き方を話してほしいというの。蛍原さんの髪の毛がツヤツヤしているのが自慢なので、男性向きのシャンプーのモデルに採用してくれないかとシャンプー会社に売り込みの手紙を出す企画があって。その手紙の書き方を説明してほしいというわけ。なぜ私にですかと訊いたら、あなたも書ける、の本を見たからだというの」

竹田　「本の威力ですね」

藤井　「それで、先生、ラジオに出たんですね」

私　「ええ。宮迫さんと蛍原さんにお会いして。宮迫さんは映画の『キャシャーン』に出演されていて、私がアニメのキャシャーンの脚本を書いていたので、キャシャーン繋がりですねって話も出て。シャンプーの企画の手紙作戦は私なりに考えました」

竹田　「どんなふうにですか」

私　「シャンプーのモデルになりたいという売り込みが目的の手紙です。でも自分から髪を自慢するとあざとくなるので、周りから〝蛍ちゃんの髪の毛サラサラだね〟と言われていますというふうに好感イメージを打ち出して、それでモデルにどうでしょうか、と書いていていったの」

藤井「それいいですね。やんわり売り込む感じですもの」

竹田「うまくいったんですか」

私「私は手紙を書くところまで。最近は男性向けの化粧品のCMが多くなっていますね」

藤井「手紙作戦の効果があったんですよ。きっと」

私「だといいけど」

本の読み方

竹田「先生、最近思うんですが、近頃の学生は本を読まないって聞いてましたが、本当ですね。兄のところの息子が東大に入りまして。といっても一浪ですが。先日、小門から東大の中に入らせてらったんです」

藤井「あら、いいわね」

私「私は以前、見学コースで見学したことありました」

竹田「じゃご存じでしょう。わたしは、校内に入って、これがあの三四郎池かって感激したのですが、甥っ子は、池に名前があるの？って。夏目漱石の『三四郎』読んでないんですよ。受験受験で読む暇なかったって。それじゃ仕方ないと思いましたが」

藤井「あの、恥ずかしいんですけど、あたしも読んでいなくて」

私「恥ずかしいことないですよ。私も読んでない本いっぱいあります。どんな本を読むか、出会いとタイミングがありますから」

藤井「それじゃ今から読んでみようかしら」

私「本は味の好みと同じで、人によって面白いと感じるところが違うんです。だから、つまらなかったら、読むのをやめていいの。無理して読むことないんです」

藤井「それ聞いて安心した。途中で止まってるのが、いくつもあって」

竹田「わたしは、三四郎を学生の頃に読んですっかり忘れてました。で、最近読み直したら新鮮で面白かったんです。昔よりこの年で読んだほうがよく分かるような気がしました。自分が高松から東京に出てきた頃が思いだされて、三四郎の気持ちが汲み取れたんですね」

私「そういうことありますよ。知り合いで、『チボー家の人々』という大河小説を5年おきに3度読んだという人がいました。その度に感じることが違って思いが深まったそうです。彼女は小説のなかのジャックという人物に心惹かれて、作者のロジェ・マルタン・デュ・ガールのお墓を探しにフランスまでいったと言っていました」

竹田「それは凄いですね。長い小説は読むのに気合がいりますね」

藤井「先生、本はどんなふうに読んだらいいんですか？」

私　「ご自分のペースでいいんですよ。私は噛むように読むので時間がかかるんです」
藤井「噛むように……」
私　「斜め読みも飛ばし読みもしますけど。気にいった本は何度も読みます。音読もいいですよ。頭に入ります。読書は物を考えたり書いたりする栄養剤ですから」
竹田「今日はいい話、いろいろ伺うことができました」
藤井「自分史、バッチリ書かなくちゃ。ね、先生」
私　「楽しみにしています」
竹田「はい。がんばります（笑い）」

アンテナ術

もうとまだ　還暦は再出発

還暦は一巡達成《いちじゅんたっせい》。一人前になったことです。「もう60になってしまった」と思うのと「まだ60だ」と自覚するのでは差がでます。いろいろやっておいてよかったと、思います。時は戻せないのです。やり残したことは続ける。やりたかったことはトライしてみる。まだ充分やれます。

60歳で画家になった義父

私の夫の父、岡山出身の三宅松男さんは若い頃から絵を描くことが好きでしたが、家業の青果業と畑の農作業、7人の子育てでその時間はありませんでした。60近くなってやっと余裕が出来、成人学級で念願の油絵を始めました。指導していた画家の先生から、東京の美術団体の主体美術展に応募するよう勧められ、それが入選となりました。それ以後、毎年、応募して連続入選、佳作に選ばれるほどでした。松男さんは物腰穏やか思慮深い方で、柔らかなブルーが基調のモチーフは、過ぎし日の故郷の風物。瀬戸内の海に水島コンビナートの工場が怪物のようにそそり立つ状景。打ち捨てられて積み上げられた廃車の山など、社会的に訴える絵を描いています。毎年9月に、岡山のおじいちゃんの作品を楽しみに上野の都美術館にいきました。

自分史の出版

自分史は自分でプリントしたものを閉じて表紙を付けてまとめることが出来ます。自費出版は全額を自分で出すものと流通・宣伝を担う出版会社との共同出版があります。自分の予算とイメージに合うもの。見積りを取って比較する。本はやり直しがきかないので、自分のイメージをハッキリ表明する。実際に自費出版された本を何冊が参考にして、自分の希望通りに出来そうな出版社を選ぶとよいでしょう。自分史は単に過去をたどって書くことではなく、自分の来し方と原点を確認して、明日への新たな出発の推進力とするものです。

※執筆作品

『風恋歌』ミュージカル・札幌、福島県明るい長寿社会づくり演劇シナリオ最優秀賞『アイラブばっちゃ』、文化庁舞台芸術創作奨励賞佳作『鳩笛の少年』、著作『あなたも書けるシナリオ術』（筑摩書房）、『投稿術。完全投稿マニュアル』（夏目書房）、『プロになるためのシナリオ術』（映人社・月刊ドラマ別冊）

第七ハードル　70代
変革・晩成期

問｜知力体力を整えるには
　｜喪失感から脱するには

登場人物　織江75歳
　　　　　景子20歳

『天晴れ オコちゃん』のチラシ

妹の昭子、著者、母のフク、弟の龍雄

著者、なぎさ、夫の英世、はるか、みなみ

芸は身を助ける

私は久しぶりに桐箪笥《きりたんす》から深緑色の結城《ゆうき》の着物を出して着る。
手土産《てみやげ》をもって、ご近所宅へ向かう。
2階建ての和風の家、門の引き戸のブザーを押す。
ワンワンと犬の鳴き声がしている。玄関のドアが開いて。
景子「どうぞ。（と景子が顔を出して迎え）コロ、静かに」
犬の声、止む。私は玄関に入る。
三和土《たたき》から上《あが》り框《かまち》に織江が紫地の着物で迎える。
織江「お待ちしてました。さ、どうぞ」
私「お邪魔します」
廊下を通って座敷に通される。
6畳の和室。仏壇。茶箪笥の上に桔梗《ききょう》の活け花。和箪笥《わだんす》。
座布団をすすめられ、私は手土産のカステラを差し出す。
私「お招きいただきましてありがとうございます。皆さんで、少しばかりですが」

織江「まぁお呼びたてしたのに、かえってお気遣い頂いて。息子夫婦が2、3日留守なものですから」
景子「親戚の結婚式にいったんです。福岡の。それで寂しがって」
織江「前からお話したいと思っておりました。孫がお世話になりまして。景子ばかりか、久美までお邪魔していろいろありがとうございました」
私「久美さん、あれからどうなさってますか」
景子「フラワーアレンジメント、がんばってます。よろしくって言ってました」
私「それはよかった」
織江「お礼に伺うところですのに、近頃膝が悪いものですから失礼して。お薄《うす》でもいかがと思いまして」
景子「ご迷惑じゃなかったんですか。お仕事あるのに」
私「この頃は気ままにやってますので大丈夫です」
景子「弟が『キャプテン翼』のファンなんですけど。サッカーの練習があって残念がってました」
織江「あ、サッカーのマンガ書いていらっしゃるとかって」
景子「マンガじゃないの、アニメっていうのよ」
織江「すみません。わからなくて」

私　「いえ。以前はマンガって言ってました。今、コミックって言ってるのもマンガのことですよね。孫から借りて読んでいて。絵もお話も迫力あって」

景子「そうなんですよォ。マンガばかり読んでいるってバカにされているんです」

織江「そういうものも読んでいらっしゃるんですね」

私　「ええ。マンガ家さんは才能がおありだと思います。お話と絵と画面構成をひとりでなさるんですから」

景子「そうですよね。うれしいな」

織江「あら、おしゃべりしていて……（改まって）略式のお盆点前《ぼんてまえ》ですが、一服差し上げたいと存じます」

私　「よろしく、お願いいたします」

織江は準備にかかり、私は所定の位置に正座する。盆点前がはじめられる。

織江、和菓子を入れた菓子器《かしき》を勧め、袱紗を出して点前を始める。

私、居ずまいを直して、懐紙《かいし》を出してお菓子を頂く。

織江はゆっくりと手順通りに薄茶を点《た》て、茶碗を私の前に置く。

私、お茶碗を手に受けて軽く一礼してお茶碗を手前にまわして飲み、口差しを指で拭って、元の位置に戻す。

景子はびっくりしたように私を見ている。

私　「（一礼して）久しぶりにおいしく頂きました」
織江「おそれいります」
景子「（感心したように）お茶、やっていたんですか？」
私　「若い頃少しね。習っておいてよかったと思います」
織江「ほらね。お茶の飲み方だけでも覚えなさいって言ったでしょう」
私　「ええ。芸は身を助けるですから」
景子「芸……？　どういう意味ですか？」
私　「やっていたことが役に立つってこと。昔取った杵柄《きねづか》とまではいかないけれど」
景子「きね……きねって、あ、調べます。（スマホを出して）あった。若い頃に身につけたことが衰えないこと。へぇぇ。そっか」
織江「これですからねぇ。わたしたちは自然に覚えたものですけど」
私　「今、核家族で年寄りと一緒に暮らさないので、耳にすることがないからだそうですよ。私の娘たちは。いろはかるたで覚えたようです」
景子「知っておくと、クイズとかに役立つのよ。あ、すみません。洋裁の提出があるので失礼します（と出ていく）」
織江「ま、クイズですって……」
私　「私たち年配の者が日頃から使っていれば、若い人たちの耳に入るのでしょうけど。

諺《ことわざ》には生活の知恵が詰まっていますものね」

着物は天下の回り物

織江「ほんとにそう思います。あの、今日のお召し物、結城《ゆうき》でしょうか」
私「ええ。母のもので、大分古びていたので生き洗《い》いに出しました」

生き洗いとは、着物のまま全体をきれいにする手法のこと。職人がひとつひとつ手洗いする昔からの手法である。

織江「結城紬は長い間、着られると言いますね。わたしのも若い頃のお召《め》しなんです」
私「お召しは織物で地《じ》がしっかりしていて着やすいですよね、私も好きです」
織江「着物は残しておいてどうなるでしょう。景子がワンピースにリメイクしてくれたんですけど、すべての着物をそう出来ませんし。売りにだしても安いそうですし」
私「着物好きの友人は皆、どうしようって言っています。着物には思い出があるので、取っておきたいですけど、最終的には業者に任せようかと考えています」
織江「処分なさるんですか、その結城も？」
私「時々アンティーク店で着物や帯を買うことがあるんですけど、いいものが手に入るんですよ。着物は大抵、そのまま着ることが出来ますし。私は友人から着物を頂くと、また別の友人にあげたりして。着物は天下の回り物だと思っているんです」

織江「そういう考え方もあるのですね」

私「着物は着てこそ生きるので、私はなるべく着るようにしています」

織江「あ、お能を習っていらっしゃると聞きましたけど」

私「70の手習いで始めました。お稽古の時、普段は洋服でいいんです。出かける時などに楽しんで着物を着ています」

お能・手仕事　伝統を繋ぐ

織江「どうしてまだお能を習おうとなさったんですか」

私「ずっと書き物ばかりしていたので、身に付けることをしたいと思っていました。たまたまお能を観にいった時、パンフレットに1日体験のお稽古の案内が入っていたのです。試しにいってみたら、ご指導も楽しくお声は朗々とした先生で、すぐに入門しました。かれこれ10年。仕舞《しまい》と謡《うたい》のお稽古をしています。発表会で国立能楽堂の舞台に立つこともできました」

織江「お舞台、見させて頂きたいです……でも、若い人は伝統的なものに興味あるのでしょうか？　着物にしても。すみません。失礼なこと言いまして」

私「いえいえ。おっしゃる通りです。ですけど、お能も着物も引き継がれていくと思っています。私がお能をやっていることで娘や孫たち、友人は関心をもってくれるようになりました。お能を観にくる若い人も、お稽古している人もいます。着物も昔ほどではなくても、着物好きな人は必ずいますから」

織江「そうですわね。そう考えると。明るい気持ちになります。……そういえばこの間、友達から招待されて押し絵の展示会にいきまして」

織江、茶箪笥から箱を取り出して、押し絵のカードを見せる。

織江「あまりに素敵だったので、カードになっているのを買ってきたんです。押し絵って羽子板のように布で、絵を立体的に作るのだそうです」

私「まぁ、ほんとに見事。こうした手作業は引き継いでいくといいですね」

私は、押し絵で描いた、花の絵、お雛様、御所人形のカードを眺める。

織江「わたしも何かやってみようかしら……3年前に主人がゴルフ場で倒れてしまって。ぽっかり穴が開いたみたいになっていました……」

私「お力落としでしたね。わかります。うちは、母と夫を続けて失くしましたから」

喪失からの日々

織江「続けて？　ご主人が亡くなったことは存じていましたが、お母様も？」

私「昨年、２人の七回忌をすませたところです。母は96歳で家族全員に見送られて旅立ちました。その２ヵ月後に主人が倒れまして……」

織江「……びっくりなさったでしょう」

私「朝なかなか起きてこないので見にいったら、布団の上にパッタリ。布団につまずいて転んだのかと思ってゆさぶっても身動きもしなくて。額がひんやり冷《つめ》たいので。あっとなりました。一瞬のうちに私の一生は変わったと悟りました」

織江「まぁ……」

私「救急車を呼んで、私と次女も乗って、朝の街を病院へ向かいました。暮の26日の朝の光景が忘れられません。主人は前日まで仕事の打ち合わせにいっていていつもと変わらなかったのです。長命の家系でしたから、まさか79で逝くとは。不意打ちで世界がバーンと変わってしまいました」

織江「分かります。わたしはまだ立ち直れていないんです。……あと、いろいろ大変でしたでしょう。お母様のこともあって、どうなさったんですか」

私「葬儀って忙しいのですね。お通夜に告別の打ち合わせ。あちこちに電話で訃報を知らせて。喪服の支度。岡山から義妹達が駆けつけてくる。葬儀の次は年末でこれからはお正月がきます。あれよあれよと日が過ぎました」

織江「そうでした。泣いてる暇もないくらいで……」

私「それがよかったのでしょうね。毎日、主人を中心にして過ごしていましたから、気が抜けたようでした。主人が可愛がっていた猫がいましてね、夕飯の時におこぼれをもらうので、いつもの主人のソファの横に座っていたんです。3日ほど、いつものように待っていましたが、やがて諦めてソファにこなくなりました。そんなことも、もう主人はいないんだ。これから自分の人生を生きなくてはと思いました。今後のこと。家のやりくり。墓地をどこにするか。それから遺品整理などなど……」

織江「それなんです。うちはまだ整理できていなくて。どうしたものでしょう?」

遺品は人生を語る

私「弟夫婦が母の遺品整理をしてくれましたが、昔の人はなんでも大事にとってあります。小さなこけし人形にも、これは誰ちゃんの修学旅行のお土産とかメモが張ってあって。主人も物を大切にする人でしたから整理するのが一苦労でした……。でも、遺品をただ捨てたりするのはよくないと思いました」

織江「どうしてですか? あれもこれも捨てなくてはと思うと、気が重くて悩んでいたところなんですけど」

私「遺品を見ていて、それぞれの人生が籠《こ》められていると思ったのです。母は明るい気性で、大正、昭和、平成。戦前戦中戦後を見事に生き抜いた一生でした。主人は岡山から上京し学業を終えると社会に出て、何回か転業しながら会社を興し家も建てました。7人弟妹の長男として故郷のお墓も整えたし。そんな主人の人生も立派だったのだ……。遺品を整理しているうちにそう納得できたんです。それで私の気持ちも落ち着いてきました。ですから遺品整理は、故人を忍びながら、ゆっくり整理していくといいと思います」

織江「いいお話を伺いました。わたしもそうしたいと思います……」

私はお仏壇を見て、改めて姿勢を正して、

私「ご主人様にご挨拶させて頂いてよろしいでしょうか」

織江「あ。ええ。ありがとうございます」

織江と私、並んでお仏壇に手を合わせる。

私「残された私たちがこれからも元気でいることですわね」

織江「そうですね。でも70も過ぎてこの後、どうしたらいいか悩みます……」

かつしか文学賞をめざして大賞

私「わかります。当時、私は70代半ばでしたけど、このまま先細りに年取っていくのかと、じっとしていられない気持ちになりました」

織江「やはりそんなことがおありでしたか」

私「私は、物を読んだり書いたりすると元気が出てくるんです。そうだ、もう一度チャレンジしてみよう。それで小説を書いて応募したのが運よく入賞して……」

織江「ちょっと待ってください。景子にもそのお話を……景子、景子ちゃん」

奥から「はあい」と、景子が小走りでくる。

景子「なあに」
織江「いいお話、聞かせて頂けるのよ。小説を書かれて賞を獲られたんですって。ご主人なくされてから、70代になられていて」
景子「えっほんとに。シナリオじゃなくて、小説で？」
私「かつしか文学賞の『天晴《あっぱ》れ オコちゃん』というので大賞を頂けたんです」
景子「すごぉい」
織江「小説はどういうふうに書かれるのですか」
私「母と主人を亡くして、しばらくぼうっとしていたんですけど、小説を書いてみようと思って、母をモデルに考えました。小説の条件が葛飾に関するものをいれることだったので、葛飾へ取材にいったり歴史や風物をいろいろ調べて。母はフクという名前ですけど、子どもの頃、自分をオコと言っていて、周りからもオコちゃんと呼ばれていたそうなので。タイトルに使ったんです」
織江「あっぱれというのは、何か訳があるのですか？」
私「母はいつも元気で周りを明るくする人でした。96歳の人生を讃《たた》える気持ちであっぱれとしたんです」

景子「どんなお話なんですか」

私「大筋《おおすじ》は、東京から葛飾の孫娘の家で暮らすことになったおばあちゃんが、持ち前の明るさと知恵で、周囲の人たちを元気にしていくっていう話です。大賞の作品は、葛飾区の主宰で舞台化されます。区民の方々がオーディションで選ばれて。プロの人と一緒に演じるんです。私のも舞台化されました」

景子「わぁ観てみたぁい」

秋田さきがけ文学賞に選奨《せんしょう》

私「その2年後に、秋田さきがけ文学賞に応募して、選奨という佳作に入りました」

織江「まぁ」

景子「すごいパワー」

私「この小説は10年前から温めていたもので、娘が小さい時に家を出た母の真実を探っていく話で、やっと書き上げて、力尽きましたけど」

織江「真似はできないけど、わたしもなにかしようって気持ちになりました」

私「私の元気の元はもう2つあるんです」

織江「2つ？」

私「ひとつは習い事。お能のお稽古を続けること。仕舞《しまい》や謡《うたい》をやっていると無心になれるんです。もうひとつはハードロックを聴くこと。ヴァン・ヘイレンのコンリートにひとりで東京ドームにいきました。76歳でした。その時のことを新聞に投稿して掲載されています」

景子　「へぇえ……すごぉ（のけぞる）」

織江　「びっくりです。お聞きしていて、何かやっていないとと思いました。ぼんやりしているなって、主人に叱られそうで」

私　「きっと心配していらっしゃいますよ」

景子　「じいじ、怒ってるよ。しっかりしろって」

織江　「はい。わかりました」

私　「私の70代は小説で賞を獲りましたけど、母や夫を亡くして人生に大きな変化が起きました。世の中も激動でしたね。3・11があって。台風や様々な事件、事故がありましたし。住んでいる所が違っていただけでこうしていられるのです……」

織江　「ほんとうにそうですね。景子、今日はいいお話を伺えてよかったわね」

景子　「ばっちり！」

織江　「もう、ほかに言いようがあるでしょうに」

私　「いいんです。わかっていてくださっています」

かつしか文学賞は、葛飾区が主宰する葛飾区を舞台としたオリジナル文学作品。秋田

さきがけ文学賞は、故渡辺喜恵子さんと秋田魁新報社の寄付による文学賞。

アンテナ術

諺《ことわざ》は知恵を授《さず》ける

私の母はよく諺を口にしていました。昔から言われている諺には、生活の知恵が籠められています。母が言っていたひとつに〝一升枡には一升〟というのがありました。諺の解釈を見ると、一升枡には一升しか入らないから、物や能力には限界があるという意味です。が、母は、与えられた自分の一升枡をしっかり使うこと。それは名を残したり財力を蓄えるようなことではなく、人生を全うすることだと。そんな母をヒントにして小説にしたのが『天晴れ オコちゃん』でした。

仲間作り・居場所

年を重ねると交友関係が狭くなる上に、友人たちが体調を崩したり、なかなか会えなくなります。今後に備えて新たな仲間作りをしておきます。趣味・習い事、敬老会、ボランティアなどに参加してみます。そこにいくと自分の居場所があるというのは、何よりうれしいものです。私はお能をやって、お友達ができました。

伝統文化を伝える

お能の謡の詞章《ししょう》は昔の和歌、源氏物語や平家物語の一部を引用しています。節《ふし》は、悲しみを表す時はゆったりと、怒りを示す時は強く畳みかけるように。笛や鼓、大鼓が加わるとオーケストラさながらに高揚します。文化庁では全国の小中学校に古典を普及させるプロジェクトを推進しています。

※執筆作品

泉鏡花記念金沢戯曲大賞佳作『面影月《おもかげつき》』、文芸思潮エッセイ賞『うちのハクライ』、佳作『女の机』、かつしか文学賞大賞『天晴《あっぱ》れ オコちゃん』、秋田さきがけ文学賞選奨『南天絵羽織《なんてんえばおり》』

第八ハードル　80代
奇跡の逆転あり!?

問｜心豊かに暮らすには

登場人物　三宅直子83歳

泰恵※本紙の表紙・イラスト作画担当　みなみ※10㎞コースにて

国立能楽堂にて

日々是好日《にちにちこれこうじつ》なれど

二十歳《はたち》過ぎてから丈夫になって、日々を過ごしてこられました。照る日が続かないように様々なことが起こります。思いがけない事が私に、そして世の中にも！

2017（平成29）年　80歳
家を失い・引っ越し

この年の大きな出来事は家の処分と引っ越しでした。

「雀の子そこのけそこのけお馬が通る」と小林一茶の句にもあるように、我が家は「そこのけ道路が通る」ために立ち退きを余儀なくされたのです。生前の夫が心血《しんけつ》注いで建てた地震に強い堅牢な家でした。私と次女は2階建ての家財を整理・処分するのに3ヵ月、汗だくで取りかかり、私は3キロやせました。

家を失ったら住む処を確保しなくては。これがまた大変。近隣を探しまわり疲れ果てた時、次女がパソコンで「いい処あったよ！」。元の家から道路ひとつ奥に、賃貸の物件があったのです。大家さんは知り合いの人。リノベーションをしたばかりというのもラッキー。洋間は次女に。6畳の和室は私。フローリングは居間とキッチンに。

私はお気に入りのイギリス家具のライティング・デスクにパソコンを置き。夫の位牌を安置した小ぶりの厨子。桐箪笥。森下真理さんの形見のお人形を飾り、狭いながらも我が城となったのでした。9月に入居。やっと落ち着きました。

森下真理さん逝去　享年87歳

森下真理さんとは、こだまの会で出会ったのが始まりで50年余の親交でした。児童文学者、長谷川時雨《しぐれ》研究。天性の美しさはそのままに、優しさと江戸っ子気質が調和した才媛でした。真理さんから多くの影響を受けました。紅茶カップ、お人形、お皿などたくさんありがとう。絵画、美術、和歌に堪能。お能にも造詣深い。手紙のやり取り、電話では「すぐ切るわ」と言って、なかなか話が尽きませんでしたね。真理さんがいない喪失感からまだ抜け出ていません。

鷲尾千菊さん逝去　享年101歳

鷲尾千菊さんは、読売新聞社の記者の頃、当時の婦人部の投稿欄『赤でんわ』の投稿グループから『こだまの会』を発足して下さった方でした。その颯爽とした姿は主婦の憧れ。晩年は会員の有志と交流を続け、11月3日文化の日のお誕生日には亡くなる年も10人余が集まってお祝いをしました。森下さんも私も出席していました。

ホノルルマラソンの応援に

12月にハワイ恒例のホノルルマラソンに長女の泰恵（56歳）が、10キロコースに一番上の孫娘みなみ（24歳）が出るというのです。ハワイにいったことがない私はよし「応援にいこ！」。次女淑恵（52歳）は何度かいっているし、昔、ＯＬ時代にホノルルマラソンに出て完走しているので心強い。

で、ハワイに降り立ちました。おお、これがワイキキビーチか！　海の色も違う！　ランナーたちは前日に現地入りして、コースの下見をしている。ホテルは別。当日、早朝から海辺は賑わっていました。私と次女はコース脇の応援席へ。7時半、10キロコースの終着ゲートで待機。「あ、来た」と次女。みなみの走る姿が見えてきます。「みなみィ！」私も大声。無事ゴールイン。「やったー！　走れた」と会心の笑みのみなみ。就職先ではあまり走る機会がなかったのに、やっぱり若さだ。

「ママはどうだろ」フルマラソンの方が気になります。みなみと次女の3人で終着ゲートにいくと、凄い応援の人垣。もう続々とランナーが戻ってきて、アナウンスが到着した名前をまくしたてる。声援が湧き起こる。「どの辺？」「今調べる」。次女がスマホで長女の現時点の位置を調べます。「あと1キロくらい」。走ってくる人たちはにこやかだ。応援の人を見つけると走りよって歓声。まるでお祭り。日本人のマラソンというヒーハー必死こくのとまるで違う光景です。

「あ、あれは」。走っていく娘を一瞬捉えました。親の勘です。へばったようだが、ゲートへと向かっていく。42．195キロ。完走。よくやりました。

ちなみにホノルルマラソンは日本人が数万人走るという。マラソンツアーがあって、大きなテントに食べ物と更衣室、シャワー設備、休憩所、医療班も待機。ホテルもふくめたパックツアーがあり、毎年参加する人もいるということでした。

2018（平成30）年 81歳
年末年始全員集合

紅白歌合戦が終わると八幡神社へ初詣にいくのが恒例。深夜の川べりを歩いて8分ばかりの処に神社があります。参拝する順番待ちの長い列。破魔矢を新しく買います。氏子のおじさんたちが揃いの法被《はっぴ》姿でお神酒を注いでくれます。

お正月には逗子から一家がやってきます。おせち料理は私が作ります。もう大人ばかりだけどトランプやカルタしたりして過ごします。勿論お年玉も上げて。

はるかの成人式・振り袖を引き継ぐ

2番目の孫の、はるかの成人式。逗子での式典を終えて、鎌倉の華正樓《かせいろう》（中華料理）でお祝いの会食。私と次女は湘南新宿ラインで鎌倉へ出かけていきます。ブルー地の振り袖は長女と次女、みなみも着て、はるかの番になりました。背が高いので着映えがして見事です。孫の晴れ姿をみる幸せ。祖父母で生存しているのは私だけです。

お能の浴衣会・70の手習い

70から観世流の小島英明先生の門下で仕舞《しまい》のお稽古を始めて10年。仕舞はお能の一部を舞います。お稽古は月2回。毎年浴衣会が『矢来能楽堂』であります。この時は着物か袴を付けます。仕舞は後方に謡《うたい》の先生が3人並びます。私の舞うのは『海士《あま》』。我が子のために母は海の魔物から玉を奪い、乳の下に押し込めて戻ってくる『玉の段』。神楽坂の矢来能楽堂《やらいのうがくどう》は観世九皐会《かんぜきゅうこうかい》の本拠地として昭和27年に建てられ国指定の『登録有形文化財（建造物）』。小島英明先生は、観世流シテ方能楽師。重要無形文化財総合指定保持者。日本能楽会会員。皐風会主宰。著書に『恋する能楽』東京堂出版。

母と夫の七回忌

母が亡くなった2ヵ月後に夫が急死。夫の会社廃業の手続き。家の立ち退き。引っ越しと日々を送っているうちに七回忌となりました。10月は母。弟が喪主で法事をしてくれます。12月は夫で私が喪主。お墓は大船から電車かバスか車。山野を切り拓いた公苑墓地。墓碑には、

『誠』の文字。私の教室に来ていた書道家小野寺千草さんの墨蹟《ぼくせき》を写したもの。猫好きな夫に長女泰恵の猫のイラストを彫って。墓碑を入れる石は次女淑恵の発案で故郷の岡山の万成石《まんなりいし》に。真言宗の法要の後の精進落としは、鎌倉の華正樓。弟一家、妹一家、従姉妹一家。窓から鎌倉の海がみえる和室に大きな円テーブルが２つ。皆で献杯。ひとりずつ近況報告。夫の遺影に料理を供えました。

アイバンク『献眼』登録

読売愛と光の事業団から新しいカードが届きました。そろそろ終活をしなくてはとアイバンクを思い出したのです。そのことを投稿した文を採録します。

【読売新聞朝刊・くらし家庭欄　ぷらざ掲載】

「献眼」32年前の決意今も

財布の中にいつもアイバンクの登録カードを入れている。死後に献眼の意思があると示すものだ。かなり前に登録したので、期限が切れているかもしれないと、カードを作ったアイバンクに問い合わせると、カードは有効だったが、新たなカードも送ってくれた。

献眼を決意したのは32年も前になる。子どもの頃から本を読むことや絵を描くことが好きで、映画や舞台を見るようになった。30歳で脚本家を目指し、夢がかなったのも、見ることが原点にある。今も見ることは生きがいで、絵画や写真の展覧会、芝居や能舞台も見に行く。旅行で海外の街も見たし、孫娘の成人式の晴れ姿も見た。

視力をなくした方々が、角膜移植でいろいろなものを見られるようになるのなら、そのお役に立ちたいと登録し、今もその決意は変わらない。2人の娘たちは賛同してくれているが、幼なじみだけは「あの世に行く時、目がないと困るじゃない」と気遣ってくれている。その彼女は2年前から、あちらの世にいる。私が見えなくてまごまごしていたら、「こっちよ」と導いてくれるに違いない。

調布市　三宅直子　(81)

アイバンクは、死後すぐに連絡すると医師が駆けつけてきて、眼球を摘出し角膜移植の処置をします。再登録する時に改めて娘たちに了解をとりました。長女は「ママの意思を尊重する」と言ってくれましたが、次女はしぶしぶ納得してくれました。

幼なじみは、小学校の頃からの4人組の渋谷蘆《よし》子さん。私があっちへいった時には「ほら、困るじゃやない」と手を差し伸べてくれるでしょう。私がお能の舞台の時、同級生に電話をかけて、10人も国立能楽堂に駆けつけてくれました。

2019（平成31）年　82歳
82歳になって思うこと

新年はいつものように逗子から一家が来てくれてお正月を過ごしました。3月24日、82歳になりました。家族からメッセージやメールが送られてきます。こうして元気でいられるのは幸せ。この先は、終活してエンディングノートも書こう。そう思っていたのですが、ふと、こうして元気でいるのは、神様は私に何かをさせようと元気を与えて下さっているのかも、という思いがよぎりました。私は時々啓示のような閃きを感じます。その予感は……当たることになります。

国立能楽堂にて発表会

小島英明先生主宰の皐風会《こうふうかい》の20周年記念大会が国立能楽堂で催《もよお》されます。私は2度目の国立能楽堂で舞囃子《まいばやし》を舞います。今回は『花月《かげつ》』という演目で小さな太鼓のような物（鞨鼓《かっこ》）をお腹に括《くく》り付けて叩きながら舞います。知人友人に案内状を出しました。私の晴れ姿を生前葬として覚えておいてもらうつもりでした。当日は、春らしいピンク地の訪問着に袴は銀ねずみ色。この袴は、元の持ち主が知人に譲り、その知人が私に「お使いください」と下さったもの。その袴を着けました。

国立能楽堂の舞台に立てるとは幸せなことです。晴れ姿は残せたようでした。

4月1日より令和となる

天から舞い込んだメール

それは突然、パソコンにメールが入ってきたのです。4月20日。まるで降って湧いたように。ここから、私の人生のぐわんぐわんと逆転劇が始まります。

「ボイスドラマの脚本を書いてくれませんか」。発信者は、『聞く、演じる！ 日本昔のおはなし製作委員会』というところ。びっくりこきました。聞いたことのない会社です。私はここ何年も、開店休業状態。発注を受けて書く仕事をしていません。

秋山さんという若い爽やかな声の女性から電話がありました。

「子どものボイスドラマのCDを出している会社です」。私のことはシナリオ作家協会から聞いたとのこと。追って、見本のCDを3枚送ってきました。聴いてみると、数人の声優さんの声でラジオドラマのような楽しい話が吹き込まれていました。

そんな依頼はうれしい反面、なんで私に？　と訳分からなくて、辞退することにしました。すると担当者が男性に代わって、私に会いにくるというのです。駅近くのファミレスで、廣瀬氏にお会いしました。40代、背の高いがっしりした方でした。この方と、そのあと、ご縁が続くとは思いもしませんでした。

「なぜ私にですか？　もう隠居の身ですよ」。私の一番の疑問です。彼が言うには、昔、あばれはっちゃくを観ていた。子ども向けの話を書ける人を探していて、私にたどりついた、というのです。でも何年も現場から離れていて今も通用するのか、私も不安だし、そちらも不安ではありませんか。何度もお話したのですが、「ともかく書いてください」。その誠実な感じ、真摯な話に、私はふとやれそうな気がしました。書きたい素材が頭にあったこともあります。

「じゃあ、やってみます」「2本お願いします」「え、2本も」それが始まりでした。

ボイスドラマの脚本を書く

【トンガリ山の不思議な泉・ワンワン冒険物語】

音声だけの脚本は初めてです。わりとスムーズに筆がすすんで、2週間ほどして30分の脚本が仕上がりました。なんと、野沢雅子さんがナレーターと主役級の白い犬の声を演じてくださるということです。私の脚本を読んだ野沢さんと所属の青二プロダクションからＯＫが出て、決まったと。以前『みつばちマーヤ』のアニメに、ウィリーという役で野沢さんが出ていらしたのです。

収録には私もスタジオ入りしました。野沢さんは私と同年配。現役バリバリで溌剌《はつらつ》としていらっしゃいます。その声。ナレーションは物静かに語るように。仔犬のポッチは、張りのある子どもらしい声。このポッチは私のフィクションですが、おしゃまで強気の女の子で心理描写が必要な役。野沢さんはさすが、見事でした。収録の最後に、「いい話！」とつぶやいてくださったのが、嬉しい言葉でした。久々の仕事に、自分でもまだ書けるのを実感しました。

自分史出版へ踏み出す

終活の時で、自分史としてまとめてボイスドラマを載せるのもいいかなと、廣瀬氏に話したところ、さすが第一線で仕事をしているパワーで、「やりましょう。出版してＣＭも打ちましょう」。そう言うや、あっという間に出版ルートが引かれていきました。

でも私は気持ちが定まらずにいました。単なる回顧録ではつまらない。『エプロン作家奮戦記』を出して50年になるので、自慢話でも思い出集でもないとすると、本の中で何を伝えるのか。私は書くことが好きでこれまでやってきた。いろんな障害にめげずに……。そうだ。これがテーマになるかも！

やっと決まりました。好きなことを見つけるがメインテーマ。魂のアンテナ術としたのは、本当に好きなものは魂から出てくるからです。サブタイトルは馴染みのエプロン作家を。こうして出版路線に踏み出すことにしました。
翌年２０２０年、世界的に新型コロナウイルスによる激動の年に向かっていきます。

２０２０（令和２）年　83歳

世界がどうなるか知らずに、私は教室にお能のお稽古にと駆けまわっていました。

1月11日
石森史郎先生浅草の舞台・新春浅草歌舞伎へ

『浅草21世紀』劇団による『令和浅草紅団義侠伝』。石森史郎先生作の舞台を観にいきました。舞台は笑いあるなかに石森先生の人情愛がちりばめられています。その足で急いで、浅草公会堂の「新春浅草歌舞伎」へ駆けつけました。若手による恒例の舞台。『仮名手本忠臣蔵』祇園一力茶屋の場。石森先生ご夫妻の席にいってご挨拶。毎年こうして浅草歌舞伎をご一緒するのが恒例であり、楽しみです。

1月13日
なぎさの成人式のハプニング

末っ子のなぎさの愛称は、ないちゃ。１７０センチ近くあって陸上の高跳びをやっていました。地元の海でライフセーバーとして人命救助に寄与したことがあります。こんな、ないちゃが代々の振り袖を着るとすっかり可憐な20歳になりました。私は母の形見の紺の着物で、次女と会食に参加。このお祝いにもうひとつ嬉しいことがありました。みなみ、はるか、なぎさの3人が両親に、成人まで育ててくれた感謝の気持ちのメッセージを贈ったのです。私と次女もメッセージに加わりました。長女夫婦、潔さんと泰恵。両親の介護と看取り。潔さんの定年退職前後に、肺癌の疑いがあったり、その他諸々。3人娘はそんな両親の苦労を見ていて感謝をしたいというのです。私は胸いっぱい。両親も感銘していました。いい成人式になりました。

1月16日
講演会　埼玉県入間市にて

『地域コミュニケーションのあり方』について私の講演会です。私はNPO法人シニア大楽の講師会に所属しているので、そこに講師の依頼がくるのです。入間市の職員研修に招かれ、市民の立場から話をしました。おまけとして台本を持っていって脚本の裏話、喜ばれました。池袋にて廣瀬氏と本の出版の打ち合わせ。

1月25日

石森史郎先生後援会　こまえ市民大学

『穆の青春の夢』なぜシナリオライターになったか。

石森先生ご自身の幼少期と中学高校から大学までの道のり。出身地の北海道でのお話。

当時の学校では〝映画をひとりで観にいくのは不良〟と決めつけておいて、学校でまとまって観にいくのはかまわない、という矛盾を、若き鋭い感受性ではねつける。休憩なしの2.時間、師の深淵のシナリオライター魂に震える。一門の面々も聴講に来ていて、帰りは師とともにラーメン屋へ。

2月16日

椿芳子さん亡くなる　享年96歳

椿さんは、こだまの会の先輩で、旅路という回覧文集も一緒でした。彼女が「セリフが面白い」といってくれて、私はシナリオを目指すようになった恩人です。

つい先日、施設を訪ねていった時は、もう昏睡状態でした。いつもは私を見ると「わぁっ」と抱きついてくるのに。私が耳元で「三宅よ。分かる？」と声をかけると、かすかに目を開きました。あの時、分かってくれたと思います。

娘さんからの知らせでお通夜に伺いました。ふと引き出しを開けると、旅路の頃に皆で舘林にいった写真が出てきて、若い椿さんがにこやかに写っていました。それをコピーして持っていき娘さんに見せて、お棺にも入れて頂きました。

彼女は亡くなる前まで、詩や川柳を書いて新聞に投稿、採用されていました。

まだまだはでも百歳が見える齢　　椿　芳子　川柳

3月13日
はるかの大学卒業式は中止

ついに世の中はコロナ禍で自粛ムード。卒業式は学生だけの式典となりました。

3月20日
放送作家協会から・インタビュー収録

市ヶ谷の放送作家協会の事務局に出向きました。まだかろうじて外出は自由でした。主婦ライターの先駆として、アーカイブスに記録しておくためのインタビュー。女性は私が最初とのこと。デビューからこれまでの話をしてほしいと。カメラを向けられた中で緊張の1時間余。帰りにすぐそばの日テレ学院に寄って、受講生から提出されたシナリオ作品の添削を届けました。この日の外出が最後、不要不急の外出はできなくなり、我が家も雑貨や食品の買いだめに。世界中がコロナ禍に覆われる世紀末になってしまいます。巣ごもり。あらゆる物が閉鎖。カルチャー教室、お能のお稽古。舞台、映画も中止。私は自分史執筆に2ヵ月。パソコンに向かってエネルギーを絞り出して書きつづけ、時々へばって整体に通い、回復はひたすら寝ることでした。

3月24日
83歳になりました

妹や孫たちからお祝いメールがきました。この歳まで元気でいられるのは有難いことです。渋谷のマークシティで、廣瀬氏と本の出版の打ち合わせ。誕生日のプレゼントに、花柄のステキなエプロンを頂きました。

午後から淑恵と井の頭公園へ桜を見に。人出の少ないのが予告のようでしたが、まだ平穏ムード。この日がぎりぎりの外出でした。26日から不要不急の外出は自粛。世界は変わってしまいました。チケットも買ってあった舞台も、教室もお稽古もすべて中止。以後3ヵ月はパソコンで、ひたすら自分史の執筆に取り組む日々となりました。6月には、ボイスドラマの『トンガリ山の不思議な泉』のCDが完成して発売となったのが嬉しいことでありました。

アンテナ術

心豊かに日々を過ごす

母、フクは96歳まで、生き方上手の人でした。「愚痴はこぼせば、こぼれる」と言って愚痴を言わず。「自分には地味に」と人様に尽くすことを惜しまず。「一日一善を心がけている」とは「人に挨拶する。ゴミを拾う。何か人に役立つことをする」のだといいます。福祉会館の集まりにいっては、皆さんが使う湯飲みを母は洗っていました。「そんなこと係の人がするのに」と言われると、母は「手があいてるいから、ついでに皆さんのも洗っている」と答えていました。母の言葉を思い出す日々です。

私は私であるために

この本のはじめに、なぜ書くのかを見極めるのも課題のひとつとしてありました。こうして来し方を書いてきて、分かりました。もちろん書くことが好きだからですが、書くことがもっとも自分を表現できる方法。私が私らしくいられて私の魂が一番喜んでいるのが分かります。魂はその人間の根源から湧き出てきます。私が私であるために、書き続けているのです。魂を探り当てるまで、右往左往するかもしれませんが、それも魂を探し当てる道です。

思い出は選ぶことができる

過去を振り返ってきて思い出について、忘れられない言葉があります。何十年も前に観た映画『マーシェンカ』（１９８７年　ウラジミール・ナボコフの小説を映画化したもの）の中で、老人が呟くのです。

「人は何を記憶したいか好きに選ぶことができる。過去が心を慰めるのはそのせいだ」と。私はハッと心にしみてメモに書き留めました。そのメモを大事にもっていて、ここに書き写しています。つらい過去、思い出すと落ちこみます。記憶したいものを選んでいいというのは、ほっとする言葉です。思い出を好きに選んでよいのですから。好きな思い出をとりだすと、元気になります。私の過去たちにありがとうと言えます。そしてこれからの日々を大事にしていく元気がでてくるのです。

おわりに

この自分史を書き始めた3月から6月まで、世界中が新型コロナウイルスに翻弄されました。2020年6月29日からやっと自粛は解除されましたが、まだ不安は続きます。ともかく無事でこうして書き上げることができました。

私はたまたま好きなことが仕事に繋がったので、才能があったからではなく、下手《へた》の横好《よこず》きからのスタートでした。現在でも朝から寝るまで前掛けエプロンで家事をやりながら書いています。続けているうちに何かが起こるのです。いろいろな方に出会って、導かれ、お世話になりました。まず私をこの世に送りだしてくれた両親に感謝です。

シナリオの道をたどることが出来ました恩師石森史郎先生に心より御礼申し上げます。番組でお世話になりました方々に感謝いたします。カルチャー教室や講師でお世話になりました。受講して下さった皆様。お友達に感謝です。私の身内、日々健康管理をしてくれた次女、支えてくれた長女桑原一家孫たち、ありがとうございました。

そして、ボイスドラマから始まって、本の出版までプロジェクトを敷いてくださった廣瀬健司氏に感謝を捧げます。その軍師ぶり、迅速、鮮やかさ。私も必死にひた走ってきました。互いに2年前まで遠く離れた点と点だったのに、線に繋がりました。まさに神の采配としか思えません。

そしてさらに、ラーメンへと飛躍しました。なんと、私はラーメンの名付け親になりました。盛岡のラーメン店、こってり番長さんの藤原しげき氏が、新しいラーメンを開発したいということで、廣瀬氏が、「何かありますかね」と軽く言うので、私も軽く「はっちゃくラーメンは？」といいました。それがOKとなり、さらに「レシピを考えて」となって、素人の思いつくままに、「豆乳スープの白にゆで玉子・黒い木耳《きくらげ》、ネギにチャーシュー。そして、花火を点てる」と提案したのです。レストランでケーキに細い花火を立ててくれるのが私は大好き。だからラーメンにも花火を立てたい。

でもまさか。それが本当になるとは。ラーメンに花火が光を発している画像が送られてきたのです。その名も、『元祖はっちゃく番長』。発案の親として、はるばると盛岡へいって、はっちゃく番長を試食してまいりました。う〜ん。ベースの豆乳スープは濃厚でまろやか。まさに、はっちゃけた！でありました。

4月からスペイン語の勉強を始めました。これもドラマチックな出来事があったのです。50年前に幼い娘たちが絵を習っていた児山重芳先生からの手紙が出てきて、先生が個展をしていた画廊に問い合わせると、先生はスペインで画家として活躍されているとのこと。手紙やメールを送ると、先生からも返事がきて、50年を一気に超えて縁《えにし》が繋がりました。先生にお会いしに娘たちとスペインにいきたい……。

しかし、コロナ禍で世界ががらりと変わってしまいました。これからの暮らしや生き方を新たに考えなくてはなりません。私も今後どうあるべきか模索しています。

シナリオで展開にいき詰まった時、私は迷路を想定し、突破口をあれやこれやと考えます。すると何かしら浮かんできます。これぞ逆転術。これからの時代、ひとりひとりが自立し支えあって迷路を脱し、新たな社会にしていきたいものです。

本の記述や構成についてアドバイスを頂きました小学館の佐々木翔様、お陰様でよき内容にすることが出来まして、ありがとうございます。本の出版に関してパレード出版部様、お手数をおかけしました。スタッフ一同の皆様、いろいろなチェックをありがとうございました。全ての皆々さまに御礼申し上げます。

2020年6月吉日

三宅直子

Ｐ20の画像から70年後の『仲良し４人組』。左から野口敏子、関根雅代、渋谷蘆子、著者

ボイスドラマ紹介

トンガリ山の不思議な泉　～ワンワン冒険物語～

設定キャスト

ラキ………シェパード犬　雄　小学生位
ポッチ……日本犬　雌　小学生位
光太………ラキの飼い主　小学生位
光太の父
光太の母
ジャック
警察官
咲枝………ポッチの飼い主　幼稚園保育士
柴犬
大熊
タヌキ父
タヌキ1
タヌキ2
タヌキ3

リス母
子リス
ナレーター→N
キツネ

ドラマCD『トンガリ山の不思議な泉』は、好評発売中！

『トンガリ山の不思議な泉』
ワンワン冒険物語　作／三宅直子

N（ナレーション）「これから始まるお話はシェパード犬の」
ラキ「ぼくラキ」
N「と日本犬の」
ポッチ「あたしポッチ」
N「の不思議な泉を探しに行く物語です」

パート1

N「ラキはシェパード犬の、人間では小学生くらいの男の子。ラキのお父さん犬のジャックは警察犬として警察官と一緒に犯人を突き止める仕事をしています」
Se　柵の開く音
警察官「ジャック、出動だ。頼んだぞ」
ジャック「ウワン（力強い声）」
警察官「これが犯人の被っていた帽子だ。しっかり匂いを嗅いで。（ジャック匂いを嗅ぐ）行け」
N「首に付けていた引綱を放すと、ジャックは道の隅々まで匂いを嗅ぐと、猛然と走りだして古い物置に突進しました」
ジャック「ワンワン！」
N「すると犯人が飛び出して逃げていきます」
Se　犬の走る音。息使い
犯人「ウワウア」

N「ジャックは犯人の脚にガッシと噛みつきました」
犯人「ウワッ放せ」
警察官「ジャック。よくやった。お手柄だぞ」
N「犯人は取り押さえられ、ジャックはその活躍で表彰されることになりました」
M　明るい音楽
ジャック「私はジャック、私を立派な警察犬として育ててくれた一家がいます。そして、いま、その一家は私のかわいい息子たちを育ててくれているのです。」
光太の父「ただいま、光太、帰ったぞ」
光太「お父さん、おかえりなさい」
光太の母「おかえりなさい。で、どうでした」
父「貰ったよ。表彰状。【勇敢なる行動によって犯人逮捕に功績したことを表彰する】」
光太「わ、すごぉい」
母「うちで産まれたジャックが、世の中に役立つ立派な警察犬になったのね」
N「光太くんの家ではシェパード犬の仔犬を育てて大きくなると、警察犬として訓練されていたのです。そのジャックの血統を引いた仔犬が3匹産まれていました」
光太「3匹とも警察犬になるの？」
父「一匹は、ハズレだな」
光太「えっハズレってどういうこと」
父「シェパード犬としては、耳は垂れるし。小さな物音にもびっくりして期待ハズレということだ。誰かにもらってもらえ」
光太「じゃ僕がもらう。この仔、眼がキラキラしてるから名前もラキてつけたんだ」
父「大丈夫か？　犬を育てるのは大変だぞ」
母「光太、愛情を持ってラキを見守ってあげなさいね」
光太「わかった。ラキ。今日から特訓だぞ」
ラキ「クウーン」
N「光太くんがラキを優しく撫ぜるとラキは眼を

キラキラさせて摺り寄せてきました」

パート2

Se　走る足音　犬のハアハアした息使い
光太「1212。ラキ頑張れ、1212。よぉし。少し休もう」
M　静かな音楽
光太「僕は夢があるんだ。動物のお医者様。獣医になること。そうすればずっと動物の世話をすることが出来るだろう」
ラキ「ワン」
光太「ラキ、警察犬になれるようがんばろう。警察犬は頭もよくなくちゃな。数の勉強をしよう。英語で一つをワンと言うんだ。指1本はいくつだ」
ラキ「ワン」
光太「お、いいぞ。じゃ指2本では」

ラキ「ワン」
光太「ちがう。2本だぞ」
ラキ「ワン。ワン」
光太「よし。じゃ3本では？」
ラキ「クウーン」
光太「ちがう。3本だ。3本」
ラキ「アオーン」
光太「ハハハ。やっぱ無理か。さ、走り込み行くぞ。それ1212」
N「光太くんとラキは毎日走り込みをして鍛えていくのでした。ある日のことです」
Se　走る足音　犬の息
光太「逞しい体を作るには山道を駆け上ったりすると力がつくんだ。見てごらん。あの高い山、トンガリ山っていうんだ」
Se　遠く谷川の流れる音
光太「この下の谷川は流れが速いから落ちたら大変だぞ。あ、崖のとこに山百合が咲いてる。お母さんに取っていってあげようか」

ラキ「わんわん」
光太「よし。まってろよ」
N「光太くんが崖に足をかけて近くの枝につかまったとたん、枝が」
Se　ポキン　ドスン　ドドド　バシャー
光太「ワーッ。……」
N「光太くんは落ちた時、ラキの首輪の引き綱を放してしまい、そのはずみで、ラキは投げ飛ばされて谷川に落ちてしまいました。光太くんは助けに行こうとしましたが、脚をくじいて動けませんでした」
光太「あああ……ラキ」
ラキ「ワオーーン……」
Se　川の流れる音。高まって静かになる

パート3

ラキ「うう……ここは……」
N「ふと気がついたラキは、川下の浅い岸辺にたどり着いていました」
ポッチ「あ、生きてた。あんた犬のくせにプカプカ浮かんでいて、犬かきも出来ないの」
ラキ「あ、あの……」
N「頭を起こして見ると白い犬がラキをのぞきこんでいました」
ポッチ「大丈夫。立てる?」
ラキ「うん……けど、寒い」
ポッチ「びしょびしょだからよ。体振ってみれば」
Se　ブルブルっ……（ラキアドリブ）
ポッチ「わっもう、離れてやってよね」
ラキ「あの、僕どうしてここに……」
ポッチ「川から流されてきたのよ」
ラキ「そうだ。光太くんが崖からすべって僕はふり飛ばされたんだ……」
ポッチ「無事流れついてよかったじゃない。じゃね」
ラキ「えっ、行ってしまうの」
ポッチ「通りかかっただけだもの。じゃ」
ラキ「どこへ行くの」
ポッチ「この上」
ラキ「上って空？」

ポッチ「鳥じゃあるまいし、とんがった山があるでしょ。トンガリ山に行くの」
ラキ「あ。光太くんがいってた……なんでそこへ行くの」
ポッチ「いろいろ聞きたいなら、まずは自分の名前言うものよ」
ラキ「ぼく、ラキです」
ポッチ「あたしはポッチ」
ラキ「ポチ」
ポッチ「チッチチッチッ。違う。ポッチ」
ラキ「ポッチさん」
ポッチ「ポッチでいいわよ。なんでトンガリ山へ行くかっていうとね。不思議な泉を探しにいくの。その泉の水を飲むと力が湧いてくるって聞いたから」
ラキ「へぇっ。力が……僕も行きたい。行かせて。お願い」
ポッチ「なんでそんなに行きたいのよ」
ラキ「僕のお父さんは警察犬で表彰状を貰ったんだ」
ポッチ「へぇ。凄い」
ラキ「だけど僕は、耳は垂れてるし怖がりで、シェパード犬のハズレだって」
ポッチ「ま、見たとこそうかもね」
ラキ「だから。その不思議な泉っていうのを飲んで、大きく強くなって、光太くんに喜んでもらいたいんだ」
ポッチ「そういう訳か。わかった」
ラキ「じゃ一緒に行っていいの」
ポッチ「まっ、ついでだからね」
ラキ「よかった」

N「こうしてラキはポッチと一緒にトンガリ山を目指して行くことになったのです」
Se　小鳥の鳴き声
N「林の中に入って行くとひんやりして小鳥が盛んにさえずっていました」
ラキ「ああ、いい匂いがする」
N「ラキは鼻をクンクンさせて林の中の空気を吸い込みました。それをポッチがチラッと横目で見ていたのに、ラキは気が付きませんでした」
ポッチ「トンガリ山はすごく険しい山道になるって。柴犬のおじさんが言ってた」
ラキ「そんなところに、ポッチはひとりで行こうとしたの？」
ポッチ「それは……事情があってね」
ラキ「事情って」
ポッチ「あたしの真っ白い毛並みどお？」
ラキ「凄くきれいだ」
ポッチ「でしょ。……だけどね。笑わないでよ。あたし、鼻が駄目なんだ」

ラキ「鼻がだめって」
ポッチ「匂いがぜんぜん分からないの」
ラキ「えっ」
ポッチ「犬なのに匂いが分からないって、笑えるでしょ。ウワーン……」
N「とつぜん泣き出したポッチ。ラキは冷たい湧き水を見つけて飲ませてあげました」
ポッチ「あ、冷たくておいしい。驚かせてごめんね。あたしはね、谷川の川上の咲枝おねぇさんの家にいたの。咲枝さんと毎日お散歩に行くのが楽しみだった。この間、野原に行ったんだけど、そこでね」
咲枝「まあ、見渡すかぎりお花ばかり。ポッチ、向こうまで競争しよう。よーいドン」
ポッチ「咲枝さんと駆けっこしたの。勿論、あたしの勝ち。こっちは脚が4本だもの」
咲枝「あぁ負けちゃった。ポッチ速すぎ」

ポッチ「あたしは嬉しくて咲枝さんに飛びついたの。その時」
咲枝「あっ。ペンダントがっ」
ポッチ「咲枝さんの首にかけていたペンダントがプツンと切れてとんでってしまったの」
咲枝「大事なペンダント。お母さんの形見なのよ。お願い、早く探して。ポッチ早くっ」
音楽　不安なメロディー
ラキと**ポッチ**「ペンダントの鎖は細くて花や草の中に入ってしまって、あっちこっち探したんだけど、見つからなかった」
咲枝「ポッチ。匂いでさがせるでしょ」
ポッチ「そう言われたけど、あたし、鼻が駄目だから……見つけられなかった」
ラキ「そうか……」
ポッチ「咲枝さん、泣いて家に帰ってしまったの。あたしがしょんぼりしていたら、隣の家で飼われていた柴犬のおじさんがね」
柴犬「トンガリ山に行ってみるといい。あの山のてっぺんに泉があってな、その泉の水は不思議な力があって病気が治ると言われているのじゃ」
ポッチ「そう教えてくれたの。それで、家を飛び出してきたって訳」
ラキ「そうだったんだ」
N「ラキとポッチはトンガリ山を目指して歩きだしました。林を抜けて森に入りました」

パート4

Se　バサバサっと鳥の飛ぶ音
ラキ「今の何」
ポッチ「キツツキよ」
Se　キイキイと猿の声
ラキ「あれは」
ポッチ「ニホンザル」
ラキ「いろんなこと知っているんだね」

ポッチ「咲枝おねえさんは、幼稚園の先生でね。時々幼稚園に連れて行ってくれるの。子どもたちと遊んだり、紙芝居を見たり歌やお話を聞いたりするんだ」
ラキ「楽しそうだなぁ」
ポッチ「花咲かじいさんの昔話知ってる?」
ラキ「知らない。どういうの」
ポッチ「あたしの名前、花坂じいさんのお話に関係あるんだけど、聞きたい?」
ラキ「聴きたい」
ポッチ「じゃぁ、昔々あるところにやさしいおじいさんがいて、そこに白い犬がやってくると、『ここ掘れワンワン』て鳴いて宝物のある所を教えたの。(歌う)」

裏の畑でポチが鳴く
正直じいさん掘ったれば
大判小判が
ザックザックザックザク

ラキ「面白い歌だね」
ポッチ「歌に出てくる白い犬のポチは男の子だけど、あたしは女の子だから、ポッチにしようって咲枝さんが決めてくれたの」
ラキ「それでポッチなんだ」
ポッチ「あらためてよろしくぅ」
N「ラキとポッチは日も暮れてきたので、こんもり草の茂った中に入って寝ることにしました」
Se　ホウホウという梟の声が響く
N「その頃。光太くんの家では行方が分からないラキの事を心配していました」
光太「お父さん、ラキのこと探してくれたの」
父「ああ、谷川まで降りて川岸をたどって探してみたのだが。おそらく下流に流されて行ったに違いない」
光太「僕が探しに行く」
母「光太は無理よ。脚をくじいてるのに」
光太「僕のせいなんだ、ラキが落ちたのは」
父「犬は生命力が強いから、どこかに流れついているかもしれん」

母「戻ってくることもあるわ」
光太「そうだといいけど……」
N「一方、ポッチの家でも、咲枝さんはポッチがいなくなったことを悔やんでいました」
咲枝「ああ。ポッチ、どこへ行ってしまったの。あんまり叱ったからだわ。ごめんね。帰ってきて。お願い」

パート5

Se　小鳥の声。犬の荒い息（アドリブあり）
ラキ「大分歩いたから、トンガリ山が少し近くなったみたいだ」
ポッチ「あっ、何か音がした。ガサガサって。あたし、鼻は匂わないけど耳はいいんだ」

ラキ「クンクン。うん何か匂う」
ポッチ「どんな匂い」
ラキ「なんか物凄い……」
熊の咆哮「グワオオオ」
ラキとポッチ「ヒャア」
熊「オレの縄張りに入りこんできたな　ガウオオオオ　チビ犬ども。どっちから食ってやるか」
ラキとポッチ「うわわわ」
N「熊はラキ達を眺めまわしていましたが」
熊「フン。不味そうだ」
N「そう言うとのっしのっしと行ってしまいました」
ポッチ「熊は？」
ラキ「行ったみたい。ああほんとに食べられるかと思った。息が出来なかった。よかったぁ」
ポッチ「よかったけど、よくない」
ラキ「えっ」
ポッチ「不味そうとは何よ。失礼じゃない」
ラキ「うん。食べてもみないで」

ポッチ「ちょっと。食べられたらおしまいでしょうが」
ラキ「あ、そうか」
ポッチ「どお？　あたしの真っ白いフワフワした毛並み、咲枝おねえさんがシャンプーしてくれたのよ。不味そうとは失礼よ！」
ラキ「まあまぁそうだけど、食べられずにすんだから、早く行こう」
N「ご機嫌ななめのポッチをラキは引っ張るようにして行きました」

パート6

M　明るい音楽
ラキ「ああ、ここにいっぱい生えているのなんだろ。食べれるかな」
ポッチ「だめだめ。毒キノコかもしれない。柴犬のおじさんが言ってた」
柴犬「食べると口がしびれたり、笑いだして止まらないキノコがあるんじゃ。」
ラキ「おいしそうなきのこなのに残念。」
笑い声タヌキ「ワッハハハ」
笑い声子タヌキ「うフフフ」
ラキ「ええっ」
ポッチ「やだ、気味悪い」
タヌキ「ごめんなさいよ。驚ろかせて。わたしどもはこの山に住むタヌキでして」
子タヌキ1「こんにちは」
子タヌキ2「こんちは」
子タヌキ3「たぬー」
ラキ「わぁっ、タヌキさんなんだ！」
ポッチ「違う。これはタヌキじゃありません」
タヌキ「ええっなんですって？」
ラキ「自分でタヌキだって言っているのに、タヌキさんじゃないの？」

ポッチ「あたしの知っているのはね、体はカチンカチンに固くて、頭に傘を被っていて手にはビンみたいな物と紙の束をぶらさげているの。それがタヌキなのよ」
ラキ「じゃ、ここにいるのは?」
タヌキ「ワッハハハ。こりゃ面白いわい」
子タヌキ1「ハハハ。」
子タヌキ2「こりゃ〜」
子タヌキ3「面白い」
子タヌキ全員「わいわいわい（アドリブ笑）」
ポッチ「何がそんなに面白いのよ」
タヌキ「そのタヌキは、人間が信楽焼で作った置物なんですよ」
ポッチ「置物って」
タヌキ「たぬきは縁起がいいって言われて、頭には災難よけの笠をかぶせ、手にはお酒の入った徳利と、お得意さんの名前を書いた通帳を提《さ》げてお店の前に立たせているんですよ」

ポッチ「そういえば、お蕎麦屋さんの前に立ってた。咲枝さんがこれはタヌキって教えてくれたんだ」
ラキ「じゃここにいるのは」
タヌキ「本物のタヌキですよ。この子たちはわたしの子どもでして。ご挨拶」
子タヌキ1「タヌ太郎。」
子タヌキ2「タヌ美。」
子タヌキ3「タヌタンです」
タヌキ「本物だという証拠をお目にかけようそれっ」
N「そう掛け声をかけるとタヌキたちは歌って踊り出したのです」
M「狸囃子」

しょうしょう　証城寺
証城寺の庭は
ツ　ツ　月夜だ
みんな出て来い来い来い
おいらの友だちゃ

ポンポコポンのポン

負けるな負けるな
和尚さんに負けるな
来い来い来い　来い来い来い
みんな出て来い来い来い

しょうしょう　証城寺
証城寺の萩は
ツ　ツ　ツ　月夜に
花ざかり
おいらは浮かれて
ポンポコポンのポン

Se　拍手の音
ラキ「すごぉい」
ポッチ「本物のタヌキさんだと認めます」
タヌキ「やれやれ、ほっとした」
子タヌキ1「ほっと、した」

子タヌキ2「あんしんした」
子タヌキ3「おなかすいた」
ポッチ「だけど、よくこの歌知っているのね」
タヌキ「幼稚園で覚えたんですよ」
ラキとポッチ「えっ幼稚園？」
タヌキ「わたしども、時々人間の町へ山から下りていくんですよ。人間は食べ残しをよく捨てるから、頂きにね。ついでに幼稚園を草むらの中からこっそりみたりして」
子タヌキ1「子どもたちがいっぱい」
子タヌキ2「子どもたちと歌ったり」
子タヌキ3「みんなで踊ったり。面白い」
タヌキ「それで覚えたって訳です。ところでよくトンガリ山まできましたね」
ラキ「泉を探しに行くんだけど」
タヌキ「あの泉を？　わたしが毒虫に刺されて手が腫れた時、泉に手を入れたらスッと熱がひいたんですよ」
ポッチ「じゃ、あたしの鼻も治るかも」

タヌキ「鼻？」
ポッチ「恥ずかしいけど、犬なのに鼻が全然匂わないの」
ラキ「僕はシェパード犬らしく強くなりたくて」
タヌキ「なるほど。それじゃ山の頂上に行く近道を教えてあげましょう。獣道なので、熊が出るかも」
ラキ「熊なら、もう出たけど」
タヌキ「え、出た」
ポッチ「失礼な熊だったわ。不味そうって言うんだから」
タヌキ「そりゃあ良かった」
ポッチ「よかった？」
タヌキ「熊は腹をすかしてるとなんでも食う。あのでっかい手でむんずと掴んでガブリと」
子タヌキ１「ガブリとたべて～！」
子タヌキ２「ムシャ　ムシャたべて～」
子タヌキ３「おいしそ～」

ラキとポッチ「ええっ……」
タヌキ「まっ、合わなければ大丈夫ですよ。さて。近道を案内しましょう」
子タヌキ１「こっちだよ～。」
子タヌキ２「こっちきて～」
子タヌキ３「こっちたぬ～」
ラキ「そうだ、行こう」
タヌキ「道は狭くて急だから気をつけてくださいよ。ムムム黒い雲が湧いている。風も吹いてきた。こりゃぁ嵐になりそうだ」

パート7

Se　風の音不気味に。雨の音激しく
N「タヌキさんが言ったように雨が降り出して風

も強く雷まで光って嵐になりました。ラキとポッチは木の洞穴に走り込みました」
Se　ゴロゴロと雷が鳴り響き、すさまじい雷鳴があたりを轟かす
ポッチ「キャア」
Se　バリバリと木が裂ける音が響く
ラキ「もっと奥に入ろう。雨が吹き込んでくるよ」
キツネ「おや、お客様が来た？」
ラキ「ここはキツネさんの巣だったのですね」
キツネ「いらっしい、嵐が止むまでゆっくりしなさい」
ポッチ「凄い嵐。山が崩れそうで怖い」
ラキ「キツネさんありがとう、ここに入っていれば大丈夫だよ」
ポッチ「ラキと一緒でよかった。あたしだけけじゃここまでこられなかった」
ラキ「僕もポッチと一緒だからがんばれたよ」

キツネ「ふたりとも、首輪がついているけれど迷ったの？」
ラキ「ううん、トンガリ山の泉に行こうと思って。」
ポッチ「咲枝おねぇさんどうしているかな」
ラキ「光太くんもどうしてるだろう」
N「ラキとポッチは体をよせあって、嵐が過ぎるのを待ちました。やがて雨がやんで明かるい陽がさして青い空がみえました」
キツネ「気をつけて行くんだよ」
ラキ・ポッチ「ありがと～」
M　明るい音楽。小鳥の声
ラキ「わぁ、青い空だぁ。気持ちいい」
ポッチ「葉っぱや木の枝がいっぱい落ちて、歩けない」
ラキ「脚がすべりそうだよ」
Se　コトンと何かぶつかる音
ラキ「イテッ。何か頭に落ちてきた」

ポッチ「いたっ。何これ」
リス母「あらっ。ごめんなさい」
ラキ「えっだれ」
リス母「トンガリ山のリスです。坊やごめんなさいしなさい」
子リス「なんで？　何もしてないのに」
リス母「木の実を落としたのが。当たってしまったのよ」

子リス「知らなかったもん。わざとじゃないもん」
リス母「すみませんね…そう言えば、昨日の嵐、大丈夫でしたか？」
ラキ「こわかったけど、なんとか」
リス母「おなかすいていませんか」
ポッチ「そういわれれば、ペコペコ」
リス母「木の実や果物の実しかありませんけど、よかったらお詫びに」
ラキ「えっほんとに？」

ポッチ「うれしい」

N「リスさんたちは、木の実などをほっぺたいっぱいつめこんだり、土の中のあちこちに食べ物を埋めています。その木の実をとりだして分けてくれたのです」
子リス「ああん。ぼくの分がなくなっちゃう」
リス母「ぼうや、山や森のものはみんなの物よ。困ったときは助け合うのよ」
子リス「わかった。さっきはごめんなさい。わけてあげていいよ」
ポッチ「ありがと。あたしたちトンガリ山の泉を探しに行くの」
ラキ「これ食べたら歩く元気が出たよ」
リス母「まあトンガリ山へ。気をつけてね。雨に濡れた草や落ち葉で滑りやすいし。崖のすぐ横は深い谷間になっていますから落ちないようにね」

ラキ「ほんとだ。すごく深い谷になってる」
ポッチ「見るだけで吸い込まれそう」
リス母「それじゃね、本当に気をつけて」
子リス「頑張ってね、バイバイ」
ラキとポッチ「バイバイ。」
N「ラキとポッチは元気よく歩きだしました」
ラキ「てっぺんはもうすぐだね」
N「その時なまぐさい風が吹いてきたのです」
ラキ「クンクン。何か匂う」
ポッチ「え。何の匂い？」
熊「グオウウ」
ラキ「熊だっ」
ポッチ「またあの失礼な熊ね」
熊「腹へった旨そう」
ポッチ「えっ、なんて言った？」
ラキ「腹へった旨そうって」
ポッチ「うわっ食べられちゃう」
ラキ「アワワ。ぼ、ぼく達は不味いんだ」
ポッチ「あたしは鼻が病気だから食べたら病気になるわよ！」
ラキ「僕はハズレだからお腹壊すよ！」
熊「グオウオ　旨そう、お前ら食べられろ」
ポッチ「キャア　ああっ！」
N「熊はポッチをむんずと掴まえました」
ポッチ「助けてぇ。うあああああ」
ラキ「あ……ポッチ……」
熊「いただきます」
N「もがくポッチ。ラキはなんとかしたいと思っても腰が抜けて動けません。木の上からリスの声が」
リス母と子リス「しっかり。頑張って」
N「ラキはハッと気を取り直すと熊の脚にかみつきました。固い毛で覆われた脚に鋭いキバのような歯でかみついたのです。熊は脚を振って振り放そうとします。ラキはますます歯を立てました」
熊「ぐおぉぉぉ」
子リス「頑張って、ラキ」

N「熊は振り放そうとする。ラキは噛みついたまま離さない。ポッチも熊の指に思い切り噛みつきました。振り払おうと身をよじって動きまわる熊。」
熊「離せ〜」

N「後ずさった熊の脚が嵐で倒れた木の上にのっかりました。その瞬間ズルッとすべった熊は仰向けに倒れて谷に滑り落ちていきました」
Se　ズズスと落ちていく音
熊「うわぁぁぁぁ」
N「ラキとポッチは熊から放り出されて草むらに転がりました」
ラキ「ポッチ、どこ」
ポッチ「ラキ。ここよぉ」
ラキ「ああ。よかった」
ポッチ「あたしたち、助かったのね」
リス母「熊は谷底に落ちていきましたよ」
子リス「ごろごろ。転がっていったよ」

リス母「脚に噛みつかれて、谷に滑り落ちましたよ。」
ポッチ「ラキが噛みついてくれたのね」
ラキ「ポッチも頑張った。さ、早くてっぺんへ行こう」
N「いよいよトンガリ山の頂上に迫ります」

パート8

ラキ「着いた。ここがトンガリ山のてっぺんだ。あっちの山もこっちの山も下になってる。こんな高くまで登ってきたんだ」
ポッチ「それより不思議な泉ってどこ？」
ラキ「そうだ。どこだろ？」
ポッチ「どこにあるの。泉は」
ラキ「葉っぱや木の枝ばかりで泉なんてない」
N「ラキとポッチは探し回りましたが、どこにも見つからないのです」
ラキ「やっとここまで来たのに」
ポッチ「泉がないなんて……」
タヌキの声「おーい。（あえぐ息）」
ポッチ「あ、タヌキさん親子」
タヌキ「熊が谷底に落ちて行くのを見たのでどうしたか気になって」
子タヌキ1「来てみたんだよ」
子タヌキ2「だいじょうぶ？」
子タヌキ3「わからないことあるたぬ？」
ラキ「熊が現れて大変だったけどなんとか助かったけど」
ポッチ「どこを探しても泉がないのよ。泉が」
タヌキ「泉はあるはず……あれれ？　ない」
子タヌキ「ない」
子タヌキ2「ない」
子タヌキ3「なぜ」
タヌキ「そんなことがあるか。……ああっ落ち葉や木の枝で埋もれたのだ。探せ探せ」

N「みんなは落ち葉や倒れた木の枝を掘りかえしたり、掻き分けたりしました」
子タヌキ1「ワッセ」
子タヌキ2「ワッセ」
子タヌキ3「つかれたぬ」
ラキとポッチ「ヨイショヨイショ」
タヌキ「嵐で木が倒れて泉を塞いでしまったんだ。おおここだ。水が湧いている」
ラキ「えっ。あ、穴の下に水が見える」
ポッチ「どこ、どこよ」
ラキ「あ、ポッチ！」
N「ポッチはいきなり穴の中に頭から体ごと突っ込み真っ逆さまになりました」
タヌキ「あぶない。落ちるぞ」
N「ラキとタヌキはポッチを引っ張りあげました。ポッチは顔中、草や葉っぱに覆われて息が出来ず、苦しそうにもがいています」
ポッチ「ング……グワー」
ラキ「ポッチ。しっかりして」

タヌキ「背中叩いて、吐き出させるのだ」
Se　背中を叩く音
ポッチ「プワーグググ」
Se　思いっきり草を吐き出す
ポッチ「はあはあ……ああ苦しかった。（クンクンして）あ、鼻の奥がツンと冷たい」
ラキ「ポッチ。大丈夫？」
タヌキ「ちょっと待って」
N「タヌキは傍らの草をむしって、ポッチの鼻におしつけたのです」
ポッチ「わっ、くさあい、なにこれ？」
ラキ「えっ。ポッチ、匂うの？」
タヌキ「治った！　鼻に詰まった草を思いっきりはき出して鼻が通ったんですよ」
ラキ「ええっ……」
ポッチ「やったやった。匂う匂う。草の匂い。風の匂い。ラキの匂い。タヌキさんの匂いも覚えたよ。わぁい」
タヌキ「よかったよかった」

子タヌキ1「おめでとう」
子タヌキ2「よかったね」
子タヌキ3「ごはんおいしくなるたぬ」
リス母「おめでとう」
子リス「よかったね」
ラキ「ようし、僕もやってみるッ」
N「ラキは泉に向かって頭から突っこむと手足をバタバタしました」
ポッチ「あっラキが落っこちちゃう」
タヌキ「みんなで引っ張ろう。それヨイショ」
子タヌキ1「ワッセ」
子タヌキ2「ワッセ」
子タヌキ3「ワッセ」
ラキ「ンガー。フウウ……」
ポッチ「ラキ、大丈夫？」
子リス「あれ？　なんにも変わってない？」
ラキ「うあーん（泣く）何も変わってない。耳も折れたままだ。前と同じハズレのまんまだ。うえん」

ポッチ「ごめんねラキ。あたし、自分のことばかり夢中になって。ラキはハズレなんかじゃない。ラキがいたから、ここまで来られたんだ。嵐の中でも助けてくれたし、熊にも噛みついてくれたから助かったのよ」

タヌキ「その通り。険しい山道を登ってきたのは大したものです。見てごらんなさい。ここに生えているでっかい木は、最初はちっぽけだった。あの空を飛んでいる大鷲だって、生まれた時は小さいヒナだった。花も咲くまで寒い冬をこらえている。ラキさんは、一人前のシェパード犬になっていく途中です。少々耳が折れていようが、シェパード犬の血筋を受けついでいるのです。胸を張って堂々としていいのですよ」
ポッチ「そうよラキ。ラキもシェパード犬よ」
リス母「元気だして。お行きなさい」
子タヌキ1「がんばれ」
子タヌキ2「大丈夫」
子タヌキ3「これからだ！」
ラキ「ありがとポッチ、みんなありがとう」
タヌキ「それでは、景気づけに、せぇの」

M　負けるな　負けるな
　　和尚さんに負けるな
　　来い来い来い　来い来い来い
　　みんな出て来い来い来い
N「みんなの合唱に送られてラキとポッチはトンガリ山を下って行きました」

パート9

M　川のせせらぎの音
ポッチ「ここよね。ラキと初めて会ったのは」
ラキ「川から流れついて、びしょ濡れだった」
ポッチ「目の前でブルブルってやるんだからあた

しまでびしょびしょ」
ラキ「ハハハ。そうだった」
ポッチ「ラキ、胸はって堂々とね」
ラキ「うん。僕は僕でいいんだ。がんばるよ」
ポッチ「じゃあね」
N「別れを惜しみながらラキとポッチはそれぞれの飼い主の元に向かって行きました」

ポッチ「咲枝おねえさんに会いたい。ペンダント見つけてあげなくちゃ」
N「ポッチは駆け足で急いで帰って行きました。来た道は覚えています。気持ちは早く行きたいのになかなかたどりつけません」
ポッチ「あ。おうちだ。やっと着いた。テラスに行ってみよう。あ、咲枝さんのサンダルがある。これは咲枝さんの匂いだ。クンクン。バッチリ覚えた。よおし。ペンダントを探しに行こう。よく散歩に行った野原はこっちだ。わ、広いな。花や草の匂いでムンムンしてる。ペンダントはどこだ。クンクン。ここにもない、深呼吸・スーハー。スーハー。どこだどこだどこにある……。あっ匂う。こっちだ。細い鎖にキラキラした飾りがついて……これだ！」
N「ポッチはペンダントを見つけると口にくわえて一目散に戻っていきました」
Se　キャンキャン
咲枝「えっ、今の鳴き声、ポッチに似ている。もしかして」
N「咲枝さんはいそいでテラスの外に出ていきました。そこにはポッチとペンダントが」
Se　キャンキャン

咲枝「まあっ。ポッチ。帰って来てくれたのね。あっこれは私のペンダント。見つけてくれたのね。ありがとう」
Se　キャンキャン
咲枝「きつく叱ってごめんね。随分探したのよ。

まあ白い毛並みがすっかり汚れて。枯れ葉や草がいっぱいついてる。シャンプーしてあげるわね」

Se シャンプーの水音

ポッチ「ああ。いい気持ち。ラキは光太くんに会えたかな」

N「その頃ラキはやっと家に近づいてきたところでした。その時光太くんが包帯をした脚をひきずりながら家から出てきました」

光太「あっラキじゃないか。ラキ、ラキだっ」

ラキ「ワンワン」

光太「無事だったのか。心配してたんだ。お父さんが川下まで探しに行ったけど見つからなくて。よかった！　帰ってきてくれて」

ラキ「ワンワン」

光太「お父さんお母さん。ラキが戻ってきた」

父「なんだって。ほんとうか。おお。ラキだ」

母「ラキおかえり。まあ、すっり汚れてしまって。でも元気そうでよかった」

光太「なんだか、逞しくなったみたいだ」

父「うむ。強い歯が出てシェパード犬らしくなった。ジャックの仔犬の頃に似てきたな」

光太「じゃぁ、ラキも警察犬になれるね」

父「そうだな。訓練次第でなれるとも」

光太「僕も勉強して、動物達の獣医になる」

母「頑張ってね、光太もラキも」

ラキ「ワン。ああ。うちはいいな。帰ってきてよかった」

N「ラキは嬉しくって、光太くんの顔をペロペロなめました」

光太「ハハハ。よせよラキ。くすぐったいよ」

N「こうしてラキもポッチもそれぞれのうちで大切にされたのでした。トンガリ山では不思議な泉がコンコンと湧いていました」

三宅直子　みやけなおこ　シナリオライター

１９３７年　東京都出身　実践女子学園高等学校卒

日本シナリオ作家協会・日本放送作家協会・日本脚本家連盟会員

シナリオ作家石森史郎氏に師事

30歳の時主婦から独学で懸賞テレビドラマ入賞。シナリオ研究所研修科修了後、子育てとＰＴＡの役員などしながらプロの道へ。テレビドラマやアニメーションの脚本を多数執筆、エッセイ、小説、戯曲などで入選多数。現在は自身の体験から主婦の生き方、子育てと仕事の両立等に関する講演、カルチャー教室等で指導に当たる。

好きなこと見つける魂のアンテナ術
エプロン作家83歳㊙逆転記

2020年 9月25日　第1刷発行
2020年11月20日　第2刷発行

著　者　三宅直子《みやけなおこ》
企　画　株式会社オフィス・ケンイチ
制　作　三宅プロジェクト製作委員会

発行者　太田宏司郎
発行所　株式会社パレード
大阪本社　〒530-0043　大阪府大阪市北区天満2-7-12
TEL 06-6351-0740　FAX 06-6356-8129
東京支社　〒151-0051　東京都渋谷区千駄ヶ谷2-10-7
TEL 03-5413-3285　FAX 03-5413-3286
https://books.parade.co.jp
発売元　株式会社星雲社（共同出版社・流通責任出版社）
〒112-0005　東京都文京区水道1-3-30
TEL 03-3868-3275　FAX 03-3868-6588
印刷所　創栄図書印刷株式会社

ISBN 978-4-434-27934-8　C0095